1913 - Avril - 26

VENTE

DU

Samedi 26 Avril 1913

HOTEL DROUOT, SALLE N° 10

COLLECTION LÉON BERNARD

LIVRES ET ESTAMPES

SUR

L'HISTOIRE DE VERSAILLES

Mᵉ ANDRÉ DESVOUGES

COMMISSAIRE-PRISEUR

M. GEORGES RAPILLY

EXPERT

LIVRES ANCIENS

ET MODERNES

RELATIFS A

L'HISTOIRE DE VERSAILLES

CONDITIONS DE LA VENTE

Elle sera faite au comptant.

Les acquéreurs paieront 10 p. 100 en sus du prix d'adjudication.

Les livres vendus devront être collationnés sur place dans les vingt-quatre heures de l'adjudication. Passé ce délai, ils ne seront repris pour aucune cause.

M. Rapilly se réserve la faculté, dans l'intérêt de la vente, de réunir ou de diviser les numéros du catalogue. Il remplira les commissions qu'on voudra bien lui confier.

ORDRE DE VACATION :

N°s 258 à 284. Estampes, dessins, peintures.
N°s 1 à 240. Livres anciens et modernes.
N°s 243 à 257. Éditions L. Bernard.
N° 241. Bibliothèques tournantes.
N° 242. Livres en lots.

CATALOGUE

DE

LIVRES ANCIENS

ET MODERNES

Estampes, Dessins,
Peintures, Manuscrits divers, relatifs à l'histoire
de la Ville et du

CHATEAU DE VERSAILLES

COMPOSANT LA COLLECTION

de feu M. LÉON BERNARD

ANCIEN LIBRAIRE A VERSAILLES

DONT LA VENTE AURA LIEU A PARIS

Le Samedi 26 Avril 1913, à deux heures précises

HOTEL DES COMMISSAIRES-PRISEURS, 9, RUE DROUOT

SALLE N° 10

Par le ministère de **Me André DESVOUGES**, Commissaire-priseur

Successeur de Me Maurice DELESTRE

26, RUE DE LA GRANGE-BATELIÈRE, 26

Assisté de M. Georges RAPILLY

Libraire de l'École Nationale des Beaux-Arts

9, QUAI MALAQUAIS, 9

CATALOGUE

DE

LIVRES ANCIENS ET MODERNES

RELATIFS A

L'HISTOIRE DE VERSAILLES

---

1. **Alberti Magni** libellus nobilissimus de adherendo deo. *S. l. n. d.* (Cologne Johannem Zanden, 1510), petit in-4° gothique de 32 pages n. chiffrées, avec le titre orné d'une fig. sur bois, relié veau brun, ornements à froid sur les plats.

2. **Albums de Gravures** sur Versailles et son Musée. Galeries historiques de Versailles : Connétables, 1 vol., rel.; Galeries Napoléon, 1 vol., br.; Gravures réduites, d'après le grand ouvrage in-fol. sur Versailles, 1 vol. relié. *Paris, Gavard*, 1838, 3 vol. in-8°, avec planches. — Album complet de : monuments, architectures, bassins... Gravés au trait par les meilleurs artistes. *Versailles*, 1837, in-4°, cartonné. — Recueil factice de planches gravées au trait, 1 vol. cart. — Recueil des planches faisant suite au tableau descriptif de Versailles, 12 livraisons, in-8°, fig. au trait, br. — Ensemble 6 vol. reliés et brochés.

3. **Albums de Vues** de Versailles et de Trianon. Réunion d'environ 25 albums de divers formats, avec lithographies en noir et en couleurs, phototypies et gravures, dont plusieurs doubles, cartonnés et brochés.

4. **Almanachs de Versailles.** Depuis l'année 1774 jusqu'à l'année 1789. *Versailles*, 1774-1789, 18 vol. in-24, la plupart

reliés veau anc. ; 2 sont doubles, plusieurs sont ornés d'une carte ou d'un portrait.

On y a joint les almanachs de Versailles de 1791, 1800 et 1801, 3 vol. br. — Ensemble 21 vol.

5. **Almanachs divers.** Almanach des Grâces, 1784, in-12, maroq. rouge anc. (ex. taché), 1 vol. — Almanach de Gotha, 1789, in-32, nomb. fig., velin blanc, 1 vol. — Almanach chantant, 1799, in-32, br. — Étrennes lyriques, 1812, in-12, frontis., br. — Indicateur Royal de la Cour de France, pour l'année 1814 et 1815, 2 vol. in-24, br. — Almanach de la Cour, de la Ville et des Départements, orné de jolies gravures. Années 1817, 1825, 1828 ; *Paris, Janet*, 3 vol. in-18, cartonnés, tr. dorée. — Almanach dédié aux Dames pour l'An 1823. *Le Fuel*, petit in-12, fig., veau vert, orné, tr. dorée. — Almanach dédié aux Demoiselles, *Janet*, 1822, petit in-12, fig., satin viol., fers spéciaux, tr. dorée. — Ensemble 11 vol. de divers formats.

6. **Almanach** de Versailles, 1874-1911, 30 vol. — Tout Versailles, 1895-1907, 10 vol. — Annuaire de Seine-et-Oise, 1805-1888, 28 vol. — Ensemble 68 vol. in-8°, cart. ou brochés.

7. **Amours** de Louis le Grand et de Mademoiselle du Tron. *A Rotterdam* (A la Sphère), s. d. (vers 1697), in-12, veau ant., dos orné, fil., tr. dor.

Pièce curieuse attribuée à un nommé Bontemps, premier valet de chambre du Roi et oncle de Mlle Du Tron.

8. **Annales** de la Monarchie française, depuis son établissement jusqu'à présent... Les Médailles authentiques qui ont été frappées sous les différents règnes, servant de preuves aux événements rapportez dans les Annales, avec une explication historique de leurs emblèmes, devises et inscriptions : Depuis Pharamond jusqu'à la majorité de Louis XV, par M. de Limiers. *A Amsterdam chez L'Honoré et Châtelain*, 1724. in-fol., fig., large demi-bas. marbrée, tr. rouges.

3e partie seule, contenant 1 frontispice, 1 titre et 127 pages, dont 63 planches gravées sur cuivre donnant de nombreuses vues du château et du parc de Versailles et des autres châteaux historiques de la France. Ainsi que les médailles qui ont été frappées sur les principaux événements des différents règnes.

9. **Aquarellistes Français** (Société d'). Ouvrage d'art publié avec le concours artistique de tous les Sociétaires. Texte par les principaux critiques d'art. *Paris, Launette; Goupil et Cie*, 1883, 2 vol. in-fol., demi-chag. bleu, dos à nerfs, tête dorée, n. rog.

Bel exemplaire de cet ouvrage illustré de nombreuses planches dans et hors texte d'après de Neuville, Doré, Detaille, Eug. Isabey, Français, Leloir, Eug. Lami, J. Tissot, M. Lemaire, Vibert, etc.

10. **Argenville** (Dezallier d'). Voyage pittoresque de Paris... 4e édition. *De Bure*, 1765, in-12, fig., veau ant., dos orné, tr. rouge. — Voyage pittoresque des Environs de Paris. *De Bure*, in-12, fig., veau ant., dos orné, tr. rouge.

4 éditions des Environs de Paris : 1755-1762-1768-1779. Ensemble 5 vol.

11. **Assemblée des Notables**. Procès-Verbal de l'Assemblée de Notables tenue à Versailles en 1787. *Impr. Roy.*, 1788, in-8°, cart. — L'Assemblée des Notables tenue à Versailles en 1788. *Impr. Roy.*, 1789, in-4°, demi-rel. — Collection de Mémoires présentés à l'Assemblée des Notables. *Versailles*, 1787, in-8°, veau ant. — Procédure criminelle instruite au Châtelet de Paris sur la dénonciation des faits arrivés à Versailles, dans la journée du 6 octobre 1789. *Baudoin*, 1790, 2 vol. in-8°, demi-rel. — Ensemble 5 vol.

12. **Atlas des Routes** de la France, ou Guide des voyageurs dans toutes les parties du Royaume ; dressé par A.-M. Perrot. *Paris, Ponthieu*, 1826, nombreuses cartes en couleurs, in-12, demi-reliure, 1 vol. — Liste générale des Postes de France, dressée par ordre de Mgr. Ant.-Louis Rouillé, Cte de Jouy... *Paris, Jaillot*, 1758, in-12, 1 carte, veau antiq., dos orné, tr. dorée, 1 vol. — Étrennes ecclésiastiques, historiques et topographiques de l'Archevêché de Paris et des Beautés que l'on y admire. *Paris*, 1764, in-12, titre, frontis. et 16 cartes gravées et coloriées. — Ensemble 3 vol.

13. **Atlas Topographique** en XVI feuilles des Environs de Paris, à la distance d'environ 8 myriamètres, ou 18 lieues dans sa moyenne étendue ; dressé sur une échelle de 31 millimètres pour 2 kilomètres, par Dom G. Coutans, ex-Béné-

dictin; revu et augmenté par Charles Picquet. Paris, An 8 (1800), 16 feuilles in-fol., collées sur toile, pliées et renfermées dans 2 emboîtages.

14. **Baldus** (E.). Palais de Versailles, grand et petit Trianon. Motifs de décoration intérieure et extérieure. *Paris, Morel,* 1877, in-fol., demi-bas. marbrée, dos orné, tête jas., monté sur onglets.

100 planches en héliogravure.
La planche 45 manque.

15. **Beauchamp** (Comte de). Comptes de Louis XVI, d'après le Manuscrit autographe du Roi conservé aux Archives Nationales. Préface de Gaston Schéfer. *Paris, H. Leclerc,* 1909, in-4°, portrait, br., n. c.

16. **Beaux-Arts**. Réunion de 16 vol. in-8° et in-4°, reliés et brochés, anciens et modernes.

La Peinture française, par P. Marcel; La Comédie à la Cour, par Jullien; S. de Brosses, par Paumier; Le Greco, par Barrès et Lafond; Le Génie gothique, par Foureau; Charles Le Brun, par Pierre Marcel; Le Goût chinois, par Mlle Stankevitch; Déclarations et Lettres Patentes du Roi pour l'Académie des Beaux-Arts, 1776-77, etc., etc. — Ens. 16 vol.

17. **Belidor**. Architecture hydraulique, ou l'art de conduire, d'élever et de ménager les eaux pour les différents besoins de la vie. *Paris, Jombert,* 1737-1753, 4 vol. in-4, planches gravées sur cuivre, veau rac., dos orné, tr. rouge. (*Rel. anc.*)

18. **Biographie** des hommes remarquables du département de Seine-et-Oise, par MM. E. et H. Daniel, 1832, 1 vol. br. — Le même ouvrage, seconde édition, 1837, 1 vol. br. — Catalogue des livres du cabinet de feu M. Blaizot, libraire à Versailles, 1808, 1 vol., br. — Le même catalogue avec les prix et les noms des acquéreurs annotés en marge, 1 vol. demi-rel. — Ensemble 4 vol. in-8°, br. et rel.

On y a joint une Facture de Blaizot, libraire à Versailles. Encadrée.

19. **Bibliographie**, **Iconographie.** Réunion de 16 volumes de divers formats, brochés et reliés.

Manuel du Bibliophile, par G. Peignot, 1823, 2 vol. — Livres à vignettes du XVIIIe siècle par H. Cohen, 1870, 1 vol. — Marques d'Imprimeurs, 3 fasc. — Exposition de la Gravure au Cercle de la Librairie, 1881, 1 vol. — La Librairie à l'Exposition de 1900, 1 vol. — Les Subtilités de la Librairie parisienne (par Roustan). 1 vol. ; etc., etc.

20. **Bieuville.** *Géomètre-Arpenteur.* Un très fort lot de documents manuscrits ou imprimés sur la Géométrie et l'Arpentage : plans, cartes, etc. (En trois caisses.)

21. **Bonneville de Marsangy** (L.). La Légion d'Honneur (1802-1900). *Paris*, 1900, in-4°, demi-maroq. rouge, coins, dos sans nerfs orné de branches de chêne et laurier, tête dorée, n. rog., couv. cons.

Orné de nombreuses fig. dans le texte et de pl. en héliogravure hors texte.

22. **Bottet** (Capitaine Maurice). La Manufacture d'Armes de Versailles. *Paris*, *J. Leroi*, 1903, 2 vol. in-4°, dont 1 de 64 pages de texte illustré et 1 atlas de 16 planches, dont 6 en couleurs, dans un portef.

On y a joint : Le Roy Soleil, par Gust. Toudouze. Illustrations en couleurs de Maurice Leloir. *Furne*, 1904, in-4°, débroché.

23. **Bouché** (Jacques). Versailles (1627-1769). Illustrations de Ferdinand Prodhomme; plan des jardins avec la promenade du Roi, par Paul Favier. *Versailles, Vve Aubert*, 1894, in-8°, fig., maroq. bleu, dos orné, 2 fil. sur les plats avec une fleur de lys aux angles et les armes de France au centre, tête dorée, n. rog. (*Taffin.*)

Tiré à petit nombre.

24. **Bourdon** (L. G.). Le Parc au Cerf, où l'origine de l'affreux déficit. Seconde édition, revue, corrigée et considérablement augmentée. *A Paris, l'an deuxième de la Liberté*, 1790, in-8°, demi-bas. ant., dos orné, tr. jas.

Orné d'un frontispice, des portraits de Mmes de Chateauroux et de Pompadour et d'une gravure (très libre) du banquier Peixotte.

On a relié dans ce volume : Les Amours de Sapho et de Phaon : *A Amsterdam, chez la Vve Nihof et fils*, 1769, in-8° de 153 pages. Ensemble 2 ouvrages en un vol.

Nom à l'encre sur les titres.

25. **Bourgeois** (Émile). Le Grand Siècle, Louis XIV, les Arts, les Idées. *Paris*, *Hachette*, 1896, in-4°, nombr. illustrations,

demi-maroq. bleu avec coins, dos orné, tête dorée, n. rog. couv. cons.

Envoi autographe de l'auteur.

26. **Brette** (Armand). Histoire des Édifices où ont siégé les Assembléés parlementaires de la Révolution française et de la première République. *Paris, Imprimerie Nationale*, 1902, in-4°, planches dans et hors texte, cartonné, n. rog.

Tome Ier seul. Ouvrage publié sous les auspices de la Ville de Paris.

27. **Brice** (Germain). Description de la Ville de Paris et de tout ce qu'elle contient de plus remarquable. Enrichie de plans et de figures dessinées et gravées correctement. 7e édition revue et augmentée. *A Amsterdam, chez M.-Ch. Le Cene*, 1718, 3 vol. — Description sommaire de Versailles ancienne et nouvelle. Avec des figures. Par Félibien des Avaux. *Paris*, 1603, 1 vol. — Ensemble 4 vol. in-12, fig., veau moucheté, dos orné, tr. marbrée. (*Rel. anc.*)

28. **Brière** (Gaston). Le Château de Versailles; architecture et décoration, 2 vol., cont. 200 pl. en héliogravure. — Le Parc de Versailles, 1 vol., cont. 100 pl. en héliogravure. *Paris, E. Lévy*, s. d. (1907-1910). — Ensemble 3 vol. in-fol., large demi-maroq. bleu avec coins, dos à nerfs, tête dorée, entièr. montés sur onglets.

Très bel exemplaire en reliure uniforme.

29. **Burette** (Théodose). Musée de Versailles, avec un texte historique. *Paris*, 1845, 3 vol. in-4°, cart., n. rog.

Illustré de nombreuses planches.

30. **Campbell** (John, Lord). The Lives of the Chief Justices of England... New and Revised Edition with illustrations and numerous annotations. Edited by James Cockcroft. *London, Edward Thomson C°*, 1894, 3 vol. gr. in-8°, cartonnés toile rouge de l'édit.

Bel exemplaire de cet ouvrage orné de nombreuses figures, dans et hors texte, en noir et couleurs.

31. **Capitales du Monde** (Les). *Paris, Hachette*, 1892, in-4, nombreuses illustrations, demi-chag. grenat, dos à nerfs, tête dorée, n. rog., couv. cons.

32. **Carte des Environs de Versailles** au 1/30.000, dressée par Bieuville, Géomètre, 5 feuilles grand in-fol., collées sur toile, pliées en 16, et renf. dans un étui. — Carte topographique des Environs de Versailles, n'indiquant pas les noms de pays, 4 ff. gr. in-fol., collées sur toile, pliées en 16, et renf. dans un étui. *Versailles, Bernard*, 1894. — Ensemble 2 cartes en 9 grandes ff. renfermées dans 2 étuis.

33. **Château de Dampierre.** Carte hydraulique du château de Dampierre et des Jardins. Avec l'Explication. *Paris, Jean Goujon, Md de cartes*, s. d., carte in-fol., coloriée, collée sur toile et pliée en 16.

34. **Chevigné** (Comte de). Les Contes Rémois; dessins de E. Meissonier. *Paris, Michel Lévy*, in-16, papier de Hollande, fig., veau citron, filets, dos orné, dent. int., tr. dorée. — Les Contes Rémois. Édition miniature. *Epernay, Bonnedame*, 1875, in-32, papier de Hollande (impression microscopique), br., couv. — Ens. 2 vol.

35. **Cicerone** (Le) de Versailles, ou l'Indicateur des Curiosités et établissements de cette ville, almanach pour les années 1805, 1808, 1810, 1815 et 1820. *Versailles, J.-P. Jacob*, 1805-1820, 7 vol. in-12, 2 doubles, reliés et br.

On y a joint : Almanach spécial de Versailles, 1838, in-12, cart. — Ensemble 8 vol.

36. **Combes.** Explication historique de ce qu'il y a de plus remarquable dans la Maison Royale de Versailles, et en celle de Monsieur à Saint-Cloud. Par le sieur Combes. *Se vend à Paris en l'Imprimerie de C. Nego*, 1681, in-12, veau ant., dos orné, tr. jas.

1re édition de ce livre très rare. — Le titre est taché et a des inscriptions manuscrites au dos.

37. **Combes**. Explication historique de ce qu'il y a de plus remarquable dans la maison royale de Versailles, par le Sieur

Combes, Seconde édition. *A Paris, chez François Pralard fils*, 1695, in-12, fleuron sur le titre, veau granit, dos orné, tr. jas. (*Rel. anc.*.)

Un des livres les plus rares sur Versailles.

38. **Defargues** (J. H.). Traité de l'Écriture sur l'Enseignement, ou nouvelle méthode plus claire et plus facile que toutes celles qui ont parues jusqu'à présent... *A Versailles, chez l'auteur*, 1787, in-fol., demi-vélin. (*Rel. fatiguée*).

Recueil entièrement gravé, comprenant 1 titre, 32 pp. de texte et 20 planches renfermant de nombreux modèles d'écriture.

39. **Les Délices de Versailles** et des Maisons Royales, ou Recueil de vues perspectives des plus beaux endroits des châteaux, parcs, jardins, fontaines et bosquets de Versailles, la Ménagerie, Marly, Meudon, Saint-Cloud, Fontainebleau, Chantilly, Sceaux, Maisons, etc. En deux cents planches, dessinées et gravées pour la plupart par les Perelle, père et fils. Le tout enrichi de courtes descriptions, par Charles-Antoine Jombert. *A Paris, rue Dauphine, chez l'auteur*, 1766, in-fol., veau marbré, dos orné, tr. rouge. (*Rel. anc.*)

Bel exemplaire de cet ouvrage recherché, contenant 218 planches gravées sur cuivre. Les coins et la coiffe du bas de la reliure ont été réparés.

40. **Delort** (J.). Mes voyages aux Environs de Paris, 1821, 2 vol., demi-veau rouge. — Paris, Versailles et les Provinces au dix-huitième siècle. Anecdotes sur la vie privée de plusieurs Ministres, Évêques... et autres personnages connus sous les règnes de Louis XV et Louis XVI. Par un ancien officier aux Gardes-Françaises (par le marquis J.-L.-M. Dugast de Bois-Saint-Just). *Paris et Lyon*, 1809-1817, 3 vol. in-8, demi-veau fauve, tr. marbrée. — Ensemble 5 vol.

41. **Demortain**. Les Plans, Profils et Élévations des Ville et Château de Versailles, avec les bosquets et fontaines, tels qu'ils sont à présent levez sur les lieux, dessinez et gravez en 1714 et 1715. *A Paris, chez Demortain*, s. d. (1716), in-fol., vélin blanc. (*Rel. anc.*)

Ouvrage entièrement gravé comprenant 2 ff. pour le titre et le privilège, 60 planches sur Versailles et Marly (plusieurs sont en double);

1 grand plan de Versailles gravé par P. Le Pautre et 1 autre plan plus petit ; 50 planches de statues, gravées par Thomassin, et 3 planches sur l'Orangerie, gravées par Aveline.

42. **Description** de la Grotte de Versailles. Texte descriptif en français et en allemand. *Augspurg, Joh Ulrich Kraus*, s. d., petit in-fol., avec 20 planches gravées, br. — Tapisseries du Roy, ou sont representez les quatre élémens et les quatre saisons... Texte explicatif en français et en allemand, avec 24 planches gravées, dont 8 planches doubles. *Augspurg*, 1690, petit in-fol., vélin blanc. — Mémoire sur la reconstruction de la coupole des petites écuries de Versailles, exécutés en l'an XII, suivant le système de charpente de Philibert Delorme ; par le capitaine du Génie André. *Paris, Agasse*, An XII, petit in-fol., cart., 2 vol. — Ensemble 4 vol. ; les 2 premiers sont des copies allemandes.

43. **Deshairs** (Léon). Le Petit Trianon : Architecture, Décoration, Ameublement. *Paris, Calavas*, s. d. (1907), in-fol., en portef.

100 planches en phototypie, avec texte explicatif.

44. **Desjardins** (Gustave). Le Petit Trianon, histoire et description. *Versailles, Bernard*, 1885, gr. in-8, fig., reliure satin crème, décorée de fleurs peintes à la main par Giacomelli.

Orné de 21 planches hors texte, dont une en couleur, et de 22 figures dans le texte.

45. **Dix-Huitième Siècle** (Le). Les Mœurs, les Arts, les Idées. Récits et Témoignages contemporains. *Paris, Hachette*, 1899, in-4, chag. vert, dos et plats ornés, fers spéciaux, tr. dorée. (*Rel. de l'édit.*)

Bel exemplaire de cet ouvrage illustré de nombreuses planches dans et hors texte.

46. **Domaine de la Couronne**. Palais des Tuileries et du Louvre, 1 vol. — Château de St Cloud, 1 vol. — Château de Fontainebleau, 1 vol. — Palais de Versailles, 1 vol. — Les palais des Deux Trianons, 1 vol. — Notices sur les châteaux et palais royaux, 1 vol. *Paris*, 1836-1839. — Ensemble 6 vol. in-4, illustrés de nombreux plans et gravures, reliés demi-veau rouge, bleu ou vert, dos orné, montés sur onglets.

3 vol. portent le chiffre du roi Louis-Philippe au dos de la reliure.

47. **Doucet** (Jérôme). Notre Ami Pierrot. Une douzaine de Pantomimes, avec les aquarelles de Louis Morin. *Paris, Ollendorff*, s. d., 4 vol. in-4, br., couv. ill. en coul.

4 exemplaires de cet ouvrage illustré en couleurs d'après les aquarelles de L. Morin.

48. **Dulaure** (J. A.). Nouvelle Description des Environs de Paris. *Paris, Lejay*, 1786, 2 tomes en un vol. in-12, veau ant., dos orné, tr. marbrée. — Nouvelle Description des Environs de Paris. 2e édition. dédiée au Roi de Suède. *Paris, Lejay*, 1787, 2 volumes in-12, veau ant., dos orné, tr. jas. — Ensemble 4 tomes en 3 vol.

49. **Dussieux** (L.). Le Château de Versailles, histoire et description. *Versailles, Bernard*, 1881, 2 vol. in-8, planches hors texte, br., couv.

50. **Dussieux** (L.). Le Château de Versailles, histoire et description. *Versailles, Bernard*, 1881, in-4 oblong, chag. rouge, tête dorée, n. rog.

Album composé d'un tirage de choix des gravures et plans qui ornent l'ouvrage du même auteur en 2 vol. in-8.
Comprenant 1 eau-forte par Albert Guilmet, d'après Cochin; 12 héliogravures, par Charreyre, et 20 plans gravés par Dufour.

51. **Eaux de Versailles.** Réunion de 15 volumes ou brochures sur les eaux de Versailles et Marly; in-8, br.

Des Eaux de Versailles; Machine de Marly; Travaux hydrauliques de Versailles, par Le Roi, 3 vol. — Etudes sur les Eaux de Marly et de Versailles, par Vallès. — Les Eaux de Paris, Versailles et la Banlieue, par le Dr Imbeaux. — Les Grandes Eaux de Versailles, par L.-A. Barbet. 1907, in-4, fig., demi-chag., tr. rouge, etc., etc.

52. **Les Environs de Paris,** paysage, histoire, monuments... Par l'élite de la Littérature, sous la direction de Ch. Nodier et L. Lurine. 200 dessins sur bois. *Boizard et Kugelmann*, s. d. (1844), gr. in-8, br., couv. factice, 1 vol. — Les Environs de Paris... Illustré de 200 dessins. *Boizard*, 1855, gr. in-8, br., couv. ill., 1 vol. — Environs du nouveau Paris, par E. de Labédollière. Illustrations de Gustave Doré. *Barba*, s. d., in-4, fig., demi-chag. Lavall., 1 vol. — Les Environs de Paris, par Louis Barron. *Paris, Quantin*, s. d., in-4, illus-

tré de 500 dessins de Fraipont, demi-maroq. brun, coins, tête dorée, n. rog. couv. cons. — Ensemble 4 vol. in-4 et gr. in-8, br. et rel.

53. — Environs de Paris XVIIIe siècle. Réunion de 18 vol. in-12 en rel. anc.

Les Délices de la France, 1728, 3 vol. avec fig. — L'origine de la Machine de Marly, 1756, 1 vol. — Description de Versailles, de Marly, etc., par Piganiol de la Force. 1742, 1 vol. — Almanach du Voyageur à Paris. 1783, 1 vol. — Dictionnaire pittoresque... des Monuments de Paris et environs, par Hebert, 2 vol. — Itinéraire portatif... par L. Denis. 1776, cartes coloriées, 2 vol. — Mémorial de Paris et environs; frontisp. et plan. 1749, 2 vol. — Anecdotes intéressantes de l'Illustre voyageur, 1777, in-12, br. — Etc., ensemble 18 vol.

54. — Environs de Paris XIXe siècle. Réunion de 17 vol. in-12 et in-8, reliés et br.

Paris, Versailles au XVIIIe siècle. Paris, 1809, 2 vol. — Les Fourmis du parc de Versailles (par Lambert de Belan), 1803, 1 vol. — Curiositez de Paris et environs. 1805, 1 vol. — Nouvelle description de Versailles. 1827, plan et fig., 1 vol. — Le Provincial à Paris, par Montigny. 1825, 2 vol. — Manuel du voyageur aux environs de Paris, par Villiers. 1802, 2 vol. — Paris et ses environs. *Janet*, s. d., fig. coloriées (piqûres), 1 vol. — Etc.

55. — Environs de Paris. Réunion d'environ 20 volumes, la plupart illustrés, in-8 et in-4, rel. et br. *Paris et Tours*, 1816-1910.

Chapelle sépulcrale de Dreux. — Promenades aux environs de Paris, fig. — Environs de Paris illustrés. — Les Trains de plaisir (Paris-Chartres). — Les Châteaux de France, par Bourassé, fig. — Meudon et Bellevue, par le Vte de Grouchy, fig. — Le château de Choisy, par Mlle Chanchine, fig. — Dictionnaire des environs de Paris. — Voyage du roi à Compiègne. — Bougival, la Celle-St-Cloud, le Mont-Valérien, etc., etc.

56. **Essais historiques** sur la Vie de Marie-Antoinette d'Autriche, reine de France. Pour servir à l'Histoire de cette princesse. *Londres*, 1789. titre, 3 ff. pour l'Introduction et 77 pages. — Essai historique sur la Vie de Marie-Antoinette, Reine de France et de Navarre, née Archiduchesse d'Autriche, le 2 nov. 1755 ; Rédigé sur plusieurs Manuscrits de sa main, suivi de l'Iscariote de la France, ou le Député Autrichien. seconde partie : *A Versailles, chez la Montensier, Hôtel des Courtisanes, de l'an de la liberté françoise*, 1789 ; 96 et 16 pages.

Ensemble 2 parties en un vol. in-8, demi-maroq. rouge, coins, dos orné, tête dorée, n. rog. (*Petit.*)

Pamphlet virulent contre la Reine (Attribué à P. E. A. Goupil, par Barbier).

57. **Explication** des Tableaux de la Galerie de Versailles (par Charpentier), 1684, in-4, veau ant. — Explication des Tableaux de la Galerie de Versailles (par Rainssant). Vignettes de S. Leclerc, 1687. — Dissertation sur douze médailles des Jeux séculaires de l'empereur Domitien, par Rainssant, 1684 : 2 ouvrages en 1 vol. in-4, veau ant. — La Devise du Roy justifiée, par le P. Menestrier, 1679, in-4, veau ant. — Ensemble 4 tomes en 3 volumes.

58. **Faujas de Saint-Fond**. Description des Expériences de la Machine aérostatique de MM. de Montgolfier, et de celles auxquelles cette découverte a donné lieu... *A Paris, chez Cuchet*, 1783, in-8, fig., cart., n. rog.

59. **Favier** (Paul). L'Architecture et la Décoration aux Palais de Versailles et des Trianons. *Paris, Librairies-Imprimeries réunies*, s. d., in-fol., contenant 120 pl. en phototypie, avec table explicative, en portef.

L'un des quelques exemplaires sur papier du Japon.

60. — L'Architecture et la Décoration aux palais de Versailles et des Trianons. *Paris, Libr.-Impr. réunies*, s. d., in-fol., en portef.

120 planches en phototypie, avec texte explicatif. — Déchirure à 2 pl.
On y a joint, du même auteur, un album de 24 planches en phototypie pour la *Partie Rétrospective*.

61. **Félibien**. Description de divers ouvrages de peinture faits pour le Roy. *Paris, Mabre-Cramoisy*, 1671, in-12, veau rac., petite dent, à froid sur les plats, dos orné, tr. marbrée. On y a joint un 2e exemplaire relié veau anc.

62. — Description sommaire du chasteau de Versailles. *A Paris*, 1674 (sans nom de libraire), in-12, avec 1 plan, veau ant., dos orné, tr. jas.

Édition originale de ce petit guide de Versailles.

63. — Description sommaire du chasteau de Versailles. *A Paris, en la Boutique de Ch. Savreux*, 1674, in-12, plan, veau marbré, dos orné, tr. rouge. — Description de divers ouvrages de peinture faits pour le Roy. *Paris, Sebast. Mabre-Cramoisy*, in-12, veau ant., dos orné, tr. jas.

64. — Description de la Grotte de Versailles. *A Paris, de l'Imprimerie Royale*, 1679, in-fol., veau ant., dos orné, tr. rouge.

1 fleuron sur le titre, 6 feuillets de texte ill. de 2 vignettes, et 19 (sur 20) planches gravées par Lepautre, Edelinck et autres.

65. — La Description du Chasteau de Versailles. *A Paris, chez Anthoni Vilette*, 1685, in-12, maroq. rouge 3 filets sur les plats, dent. int., dos orné, tr. dorée, dans un étui. (*Cabrol.*)

Bel exemplaire de cette édition rare, ornée d'une vignette sur le titre et de 16 planches pliées hors texte, gravées sur cuivre.

66. — Recueil de descriptions de Peintures et d'autres ouvrages faits pour le Roy. *Paris, chez la Vve S. Mabre-Cramoisy*, 1689, in-12, relié, 3 exemplaires. — Description du château de Versailles, de ses peintures et d'autres ouvrages faits pour le Roy. *Paris, Florentin et Delaulne*, 1696, in-12, relié veau. — Description sommaire de Versailles ancienne et nouvelle, avec des figures. *Paris, Guillyn*, s. d. (1703), in-12, avec 5 pl. gravées sur cuivre, relié veau anc. — Ensemble 5 vol.

67. — Description du Château de Versailles, de ses peintures et d'autres ouvrages faits pour le Roy. *A Paris, chez Denis Mariette*, 1696, in-12 avec un plan, veau anc., dos orné, tr. marbrée. (*Armoiries sur les plats.*)

68. **Félibien des Avaux**. Description sommaire de Versailles ancienne et nouvelle. Avec des figures. *A Paris, chez Antoine Chrétien*, 1703, in-12, avec 5 pl., veau marbré, dos orné, tr. rouge. (*Rel. anc.*)

Ce vol. porte par erreur la date de 1603.

69. **Fels** (Comte de), Ange-Jacques-Gabriel (1698-1782), premier architecte du Roi, d'après des documents inédits. *Paris, Émile-Paul*, 1912, in-fol., fig. br., n. c.

Orné de planches hors texte dont plusieurs en couleurs.

70. **Flaubert** (Gustave). *Œuvres*. Madame Bovary, 2 vol.; Salammbô, 2 vol. *Paris*, *Lemerre*, 1878-1879, 4 vol. in-12, demi-chag. rouge, avec coins, tr. marbrée. — Théâtre de Édouard Foussier. *Lemerre*, 1884, 3 vol. in-12, demi-chag. bleu, coins, dos plat orné en long, tête dorée, n. rog., couv. cons. — Ensemble 7 vol. reliés.

On y a joint : La Légion étrangère, par le Vicomte de Borrelli. *Lemerre*, 1887, plaquette in-4, maroq. rouge jans., dent. int., tr. dorée, couv. cons. (*Mercier, succr de Cuzin.*)

71. **Fortoul** (H.). Les Fastes de Versailles depuis son origine jusqu'à nos jours. *Paris*, *Delloye*, 1839, chag. viol., ornements dorés sur le dos et les plats, tr. dorée. (*Boutigny.*)

1er tirage des fig. hors texte gravées sur acier et sur bois.
On y a joint :
Heath's picturesque Annual : Versailles, 1 vol. gr. in-8, fig., cart. — Versailles, palais, musée, jardins. *Galeries historiques*, s. d., gr. in-8, fig., cart., 1 vol.
Ensemble 3 volumes.

72. **Fouquier** (Marcel). De l'art des Jardins du xve au xxe siècle. *Paris*, *Emile-Paul*, 1911, in-fol., br., n. c.

Illustré de nombreuses planches dans et hors texte.

73. **Fourier Bonnard**. Histoire de l'Abbaye royale et de l'Ordre des chanoines réguliers de St-Victor de Paris (1113-1791). Avec une préface de M. Paul Tannery. *Paris*, s. d., 2 vol. in-8, br. n. c.

74. **Gabriel**, premier Architecte du Roy. Devis, conditions, prix et adjudications des ouvrages de Maçonnerie, Charpenterie, Menuiserie, Grosses Peintures... pour les réparations et changements qu'il conviendra de faire dans les Maisons Royales et autres appartenantes au Roy, à Versailles, à Marly, Saint-Germain-en-Laye, Meudon, la Muette, Vincennes, Choisy, Fontainebleau, Compiègne, et leurs dépendances; dressé suivant les ordres de M. de Vandières, conseiller du Roy... par Gabriel, Inspecteur Général des Bâtiments du Roy et son Premier Architecte. S. l. (Paris) *de l'Imprimerie de J. J. E. Collombat, Imprimeur ordinaire du Roy*, 1754, in fol., veau marbré, dos orné, tr. rouge. (*Rel. anc.*)

75. **Galerie des Maréchaux** et Salle des Croisades. Réunion de 3 vol. in-4 et gr. in-8, cartonnés et reliés.

Galerie des Maréchaux, par Gavard, nombreux portraits, 1839, 1 vol. — Versailles, salle des Croisades, planches d'armoiries en couleurs, 1 vol. — Salles des Croisades, par de Blancmesnil, 1866, 1 vol. Ens. 3 vol.

76. **Gavard** (Ch.). Versailles, Galeries historiques dédiées à S. M. la Reine des Français. *Paris, Gavard*, 1838-1849, 19 vol. gr. in-fol., reliés toile grise, tr. jas.

Édition de luxe, avec les planches tirées sur Chine et des notices ornées de figures sur bois. Manque le titre du tome V.

77. **Gavarni et Grandville**. *Le Diable à Paris*. Paris et les Parisiens. *Hetzel*, 1868, 3 parties en 1 vol. gr. in-8, fig., demi-veau fauve. — Le Diable à Paris, par Gavarni et Grandville, planches détachées dans un carton, 1 vol. — Œuvres choisies de Gavarni, revues, corrigées et nouvellement classées par l'auteur. *Hetzel*, 1846, gr. in-8, fig., demi-chag. rouge, dos et plats ornés, tr. dorée. — Ensemble 3 vol.

78. **Geffroy** (Gustave). *Les Musées d'Europe*. Versailles, 1 vol. — Belgique, 1 vol. *Paris, Nilsson*, s. d., 2 vol. in-4, nombreuses reproductions, reliés cuir souple de l'édit., fers spéciaux, tête dorée, n. rog.

79. **Gille** (Philippe). Une Promenade à Versailles et aux Trianons. Illustrée de 40 eaux-fortes par Eugène Sadoux, et de dessins par F. Prodhomme. *Paris*, 1892, in-4 oblong, chag. rouge, dos orné, large dent. et fil. sur les plats, armes de Versailles, dent. int., tr. dorée, dans un étui.

Exemplaire dans la même reliure que ceux offerts aux officiers de la Marine Russe lors de leur passage à Versailles (octobre 1893).

80. **Goncourt** (Edmond et Jules de). Madame de Pompadour. Nouvelle édition, revue et augmentée de lettres et documents inédits tirés du Dépôt de la Guerre, de la Bibliothèque de l'Arsenal, des Archives Nationales et de Collections particulières. *Paris, Didot*, 1888, in-4, br., couv. orné. (*Dos cassé.*)

Illustré de 55 reproductions sur cuivre, par Dujardin, et de 2 planches en couleurs, par Quinsac, d'après des originaux de l'époque.

81. **Guerre de 1870-71 et Commune.** Réunion de 13 vol. in-8 et in-4, dont 6 reliés et 7 brochés. *Paris*, 1872-1907.

Versailles et Paris en 1871 d'après les dessins originaux de Gustave Doré. — Paris-Commune et le Siège Versaillais. — Versailles pendant l'occupation, par Delerot. — Guerre civile de 1871, par L. Fiaux. — De Bordeaux à Versailles, par Ranc. — Mémoires de Bismarck, 2 vol. — Le Moniteur Prussien de Versailles, par G. d'Heylli, 2 vol., etc., etc.

82. **Guiffrey** (Jules). Comptes des Bâtiments du Roi sous le règne de Louis XIV. *Paris, Imprimerie Nationale*, 1881-1901, 5 vol. in-4, cartonnés, n. rog.

De la *Collection de Documents inédits sur l'Histoire de France.*

83. — Inventaire général du Mobilier de la Couronne sous Louis XIV (1663-1715). Publié pour la première fois sous les auspices de la Société d'Encouragement pour la Propagation des livres d'art. *Paris*, 1885-1886, 2 vol. gr. in-8, fig., br., couv.

84. **Guigard** (Joannis). Armorial du Bibliophile, avec illustrations dans le texte. *Paris*, 1870-1873, 2 tomes en 1 vol. gr. in-8, demi-percal. grise, tr. jas. — L'art d'aimer les livres et de les connaître. Lettres à un jeune bibliophile, par Jules Le Petit. Eaux-fortes d'Alfred Gérardin. *Paris, se vend chez l'Auteur*, 1884, in-8, demi-maroq. grenat, tête jas., n. rog.

85. **Guillaumot** (Aug.-Alex.). Château de Marly-le-Roi construit en 1676, détruit en 1798, dessiné et gravé d'après les documents puisés à la Bibliothèque Impériale et aux Archives. *Paris, Morel*, 1865, in-fol., demi-chag. marron, coins, monté sur onglets.

1re édition comprenant 14 planches gravées sur cuivre accompagnées d'un texte de 28 pages ornées de vignettes.

86. — Château de Marly-le-Roi, construit en 1676 et détruit en 1798. Nouvelle édition. *Paris*, s. d., in-fol. en portef.

Cette nouvelle édition comprend un texte illustré de 28 pages et 34 planches.

87. **Guizot.** L'histoire de France depuis les temps les plus reculés jusqu'en 1789, racontée à mes petits-enfants. *Paris*,

Hachette, 1872-1876, 5 vol. gr. in-8, fig., demi-chag. vert, dos orné, tr. jas.

Illustré de nombreuses figures.
Bel exemplaire,

88. **Heath's** picturesque Annual for 1839. Versailles, 1 vol. — Les Fastes de Versailles, par H. Fortoul, 1844, 1 vol. — Les Fastes de Versailles, 1856, 1 vol. *Paris*, 1839-1856. — Ensemble 3 vol. gr. in-8, ornés de planches hors texte, cartonnés et brochés.

89. **Histoire**. Réunion d'environ 20 volumes in-8, br. et rel.

Versailles et environs, par P. Bart. 1901; fig. — Paris et Versailles (1762 à 1789), par Hippeau. 1869. — Voyage de France, par Ad. Vautier. 1905. — Mesdames de France, filles de Louis XV. 4e édition, par C. Stryienski. 1911. — Généalogie de la Maison de Bourbon, par Dussieux. — Documents authentiques sur les dépenses de Louis XIV. 1827. — Le Siècle des Beaux-Arts, ou la mémoire de Louis XIV justifiée, par Ossude. 1838. — L'homme-femme (Mlle de Lange), 2e édit., par G. Moussoir. — Mémoires du duc de Croÿ (1727-1784). — Souvenirs d'un page de la cour de Louis XVI, par le Cte d'Hézecques, etc., etc.

90. **Histoire; Mémoires**. Mémoires historiques de Mesdames Adélaïde et Victoire de France, filles de Louis XV. *Paris*, *Lerouge*. 1802, 3 vol. in-8, frontispices, cart. — Histoire de Mme Élisabeth de France, sœur de Louis XVI. Par Mme Guénard. *Lerouge*, 1802, 3 vol. in-8, cart. — L'Abbé de l'Épée... par F. Berthier, 1852, in-8, rel. — Souvenirs du Cte de Semaillé, 1898, in-8, br. — Les officiers de l'escadre russe à Versailles, in-8, fig., demi-rel. — Vercingétorix, drame historique, par E. Delérot, 1864, in-8, br. — Bibliographie des travaux de M. Maurice Tourneux, par H. Maistre, 1910, petit in-4, br. — Ensemble 11 vol.

91. **Histoire anecdotique**. Les Promenades et Rendez-vous du Parc de Versailles. *Londres*, 1784, 2 parties en 1 vol. in-12, br. (Mouillure.) — La Maison du Roi justifiée, avec des observations sur chacun des départements qui la composent. Par un Soldat citoyen, *Versailles*, 1789; Observations sur l'opuscule, intitulé : La Maison du Roi justifiée. *Paris*, 1789, 2 tomes en un vol. in-8, veau ant., dos orné, tr. marb. — Amours secrètes de Mme de Maintenon. *Cologne*, 1706,

petit in-12, 1 frontis., br. (Mouillure.) — Scènes champêtres du Parc de Versailles. *Londres*, 1790, in-12, frontis., br. — Le Parc au Cerf ou l'origine de l'affreux déficit, 2e édit., revue et augm. *Paris*, 1790, in-8, frontis. et portraits, sans la fig. libre, relié. — Ens. 3 vol.

92. **Hoche** (GÉNÉRAL). Réunion d'environ 20 volumes ou brochures relatifs à l'Histoire, à la Vie et à la Correspondance de Lazare Hoche. *Paris*, 1800-1893, environ 20 vol. in-8 et in-12, brochés.

Vie de L. Hoche, par Alex. Rousselin, 1 vol. — Hoche et la lutte pour l'Alsace, par A. Chuquet, 1 vol. — Lazare Hoche, général en chef, par E. de Bonnechose, 1 vol. — Histoire de L. Hoche, par H. Dourille, 1 vol. — Essai sur la vie de L. Hoche, par Bergounioux, 1 vol. — Hoche, sa vie, sa correspondance, par E. Cuneo d'Ornano, 1 vol., etc., etc.

93. **Hurtaut et Magny**. Dictionnaire historique de la Ville de Paris et de ses Environs. *A Paris, chez Moutard*, 1779, 4 vol. in-8, une carte, veau ant., dos orné, tr. marbrée.

On y a joint 2 exemplaires du Dictionnaire Topographique des Environs de Paris, par Ch. Oudiette, dont 1 relié veau ant., tr. jas.; l'autre broché, n. rog. Ens. 6 vol. in-8.

94. **L'Illustration Théâtrale**. Journal d'actualités dramatiques, publiant le texte complet des pièces nouvelles jouées dans les principaux théâtres de Paris. Du numéro 1, 17 décembre 1904, au numéro 175, 1er avril 1911, inclus. Paris, 1904-1911, 175 livraisons, in-4, illustrées de nombreuses reproductions, contenues en 7 emboîtages en forme de livre.

95. — L'Illustration Théâtrale. Réunion de 120 numéros de 1904 à 1912, dont plusieurs doubles, br., couv.

96. **Janin** (JULES). L'Été à Paris. *Curmer*, s. d. (1843), gr. in-8, fig., chag. rouge, dos et plats ornés, tr. dorée, 1 vol. — Un Hiver à Paris. *Aubert*, 1843, gr. in-8, fig., demi-chag. rouge, tr. dorée, 1 vol. — Paris et Versailles, il y a cent ans. *Didot*, 1874, in-8, fig., demi-chag. rouge, tr. jas., 1 vol. — Ensemble 3 vol. illustrés; quelques taches de rousseur.

97. **Jardins de Versailles**. Recueil factice de 53 planches gravées par Lepautre, Is. Silvestre, Edelinck, Le Clerc,

Simonneau et autres (tirage du commencement du XIXe siècle), relatives à la décoration des jardins et parc de Versailles. In-fol., demi-chag. rouge, tr. jas.

La Grotte de Versailles, 20 planches. — Le Labyrinthe, 41 planches sur 5 feuilles. — Fontaines décoratives, bassins, jets d'eau, groupes de statues et d'enfants, etc., 28 planches.

98. **Jouin** (Henry). Charles Le Brun et les arts, sous Louis XIV. Le premier peintre, sa vie, son œuvre, ses écrits, ses contemporains, son influence, d'après le manuscrit de Nivelon et de nombreuses pièces inédites. *Paris, Imprimerie Nationale*, 1889, fort vol. in-4, br., couv.

Orné d'un portrait gravé par Eug. Burney, d'après Ant. Coyzevox.

99. **Journal Amoureux d'Espagne** (par Mlle de La Roche-Guilhen). *A Paris, chez Claude Barbin*, 1675, in-12, maroq. vert, compart. de fil. sur les plats, dent. int., dos orné, tr. marbrée.

100. **Journal de Versailles** ou Affiches, Annonces et Avis divers. Du n° 1, samedi 6 juin 1789, au n° 25, samedi 29 août 1789. *Versailles*, 1789, in-4, br. — Procès Verbal de l'Assemblée de Notables, tenue à Versailles, en l'année 1787. *Impr. Royale*, 1788, in-4, veau marbré, fil. dos orné, tr. rouge. — Maison du Roi, ce qu'elle était, ce qu'elle est, ce qu'elle devrait être. Examen soumis au Roi et à l'Assemblée Nationale. Paris, 1789, in-4, br. — Ensemble, 3 vol

101. **Laborde** (Comte Alexandre de). Versailles ancien et moderne. *Paris, Imprimerie d'A. Everat*, 1839, gr. in-8, demi-chag. rouge, dos orné, tête dorée, ébarbé.

1er tirage des nombreuses fig. sur bois.

102. — Versailles ancien et moderne. *Paris*, 1841, gr. in-8, gravures sur bois, chag. noir, dos et plats ornés, tr. dorée, 1 vol. — Fortoul. Les Fastes de Versailles, 1858, gr. in-8, planches hors texte, br., couv. — Ensemble 2 vol.

103. **Labyrinthe de Versailles**. *A Paris, de l'Imprimerie Royale*, 1679, petit in-4, veau granité, dos orné, tr. rouge. (*Rel. anc.*)

Plan du labyrinthe, 1 frontispice et 39 figures gravés par Sébastien Leclerc.

104. **Labyrinthe de Versailles.** *A Amsterdam, chez Pierre Mortier*, 1693, petit in-4, oblong, veau granité, dos orné, tr. jas. (*Rel. anc.*)

1 frontispice, 1 titre renfermant l'écusson royal au bas duquel les mots : *Suivant la copie*, 1 plan du Labyrinthe et 39 planches gravées sur cuivre. Déchirure en marge du frontispice et de la dernière planche. Un feuillet est détaché de la reliure.

105. — Labyrinthe de Versailles. *A Amsterdam, chez Adrien Schoonebeek*, 1693, petit in-4, oblong, demi-bas. marbrée, tr. jas.

Frontispice et 39 planches gravés sur cuivre. Cet exemplaire ne renferme ni le titre, ni le plan du Labyrinthe.

106. — Labyrinthe de Versailles. *Amsterdam, by Nicolaus Visscher*, s. d., in-4, veau ant., dos orné, tr. rouge.

Texte en 4 langues (hollandais, anglais, allemand et français).

Exemplaire en grand papier, contenant 1 plan, 1 frontispice et 39 planches gravés sur cuivre.

107. — 't Doolhof te Versailles... *Te Amsterdam*, by Hendrik Bosch, 1722, petit in-4, demi-bas. marbrée, dos orné (*Rel. ancienne.*)

Exemplaire en grand papier. Cette édition contient le plan du Labyrinthe, 1 frontispice et 39 planches gravés sur cuivre. Texte en 4 langues (hollandais, français, anglais et allemand).

108. — Description du Labyrinthe de Versailles. S. l. n. d., petit in-4, demi-velin blanc.

Curieuse édition de cet ouvrage, contenant 1 plan, 1 frontispice et 39 planches gravés sur cuivre, avec texte français et allemand. Les poésies de Benserade ne sont qu'en français.

Exemplaire dans lequel on a ajouté : *Veues de Versailles*. Die Prospect von Versailles, bey Johan Ulrich Kraüs in Aügspürg ; 50 planches sur 25 feuillets et 1 dessin aquarellé du plan du labyrinthe.

109. — Labyrinthe de Versailles. S. l. n. d., petit in-4, plan, frontis. et 39 pl. gravés sur cuivre, avec texte français et allemand, cartonné.

On y a joint 1 exemplaire complet très rogné et 2 exemplaires défectueux. Ensemble 4 vol.

110. **Lacour** (Louis). Livres du Boudoir de la Reine Marie-Antoinette. Catalogue authentique et original, publié pour

la première fois avec préface et notes. *Paris, Gay*, s. d., in-16, cart. demi-toile, n. rog. (tiré à 317 exemp. numérotés). — Catalogue des livres de Madame Du Barry, avec les prix, à Versailles, 1771. Reproduction du catalogue manuscrit original, avec des notes et une préface, par P. L. Jacob (Paul Lacroix). *Paris, A. Fontaine*, 1874, in-16, papier de Hollande, demi-maroq. vieux rouge, coins, tête jas. n. rog. (tiré à 100 ex. numérotés). — Ens. 2 vol.

111. **Lami** (Stanislas). Dictionnaire des Sculpteurs de l'École française. *Paris, Champion*, 1906-1910, 2 vol. gr. in-8, br. n. c.

Règne de Louis XIV, 1 vol. — Dix-huitième siècle, tome Ier.

112. **Laurent-Hanin.** Histoire municipale de Versailles. Politique, administration, finances (1787-1799). Publié sous les auspices du Conseil Municipal. *Versailles*, 1885-1889, 4 vol. in-8, demi-veau vert, dos orné de pièces, tr. jas.

113. **Le Brun** (Charles). Fontaines décoratives, avec eau jaillissante, pour l'ornementation des parcs et des bassins. *Paris*, s. d., in-fol. obl., demi-bas.

Recueil factice de 10 planches, y compris la dédicace, gravées par L. de Chastillon, d'après Ch. Le Brun.

114. — Grand Escalier du Château de Versailles dit Escalier des Ambassadeurs, ordonné et peint par Charles Le Brun, Écuyer, premier Peintre du Roy. *A Paris, chez Louis Surugue*, s. d. (1725), in-fol., cartonné.

Recueil entièrement gravé, composé de 6 feuillets de texte encadré, y compris le titre et 24 planches. Déchirure et réparation dans le coin d'une page de texte.

115. — Le Grand Escalier de Versailles..., le dessein de tout l'ouvrage est de M. Le Brun, Escuier, premier Peintre du Roi, et toute la peinture est à fresque et de sa main, excepté la bataille de Cassel et la prise de ces trois villes (Valenciennes, Cambrai, St-Omer), qui sont peintes par le Sr Vandermeulen. L'explication des principales parties du plafond est au bas de chaque planche. *Paris*, s. d., titre et 6 planches gr. in-fol., cartonné, monté sur onglets.

On a relié, dans ce volume, 3 pièces dessinées et gravées par G. Audran, d'après les peintures de P. Mignard, représentant les tableaux de la voûte de la galerie des petits appartements du Roy à Versailles.

116. **Le Brun** (Ch.). La Grande Galerie de Versailles et les deux salons qui l'accompagnent, peints par Charles Le Brun, premier Peintre de Louis XIV, dessinés par Jean-Baptiste Massé... et gravés sous ses yeux par les meilleurs Maîtres du temps. *A Paris, de l'Impr. Royale*, 1752, gr. in-fol. demi-chag. brun, coins, dos orné. (*Tirage postérieur.*)

Portait de Massé, gravé par J.-G. Wille, d'après Tocqué et 52 grandes planches gravées sur cuivre, avec texte explicatif.

117. **Le Clerc** (Sébastien). Traité de Géométrie théorique et pratique, à l'usage des artistes. Nouvelle édition. *A Paris, chez Ch.-Ant. Jombert*, 1774, in-8, frontispice et planches renfermant de jolies vignettes, veau écaille, dos orné, tr. rouge. (*Armoiries sur les plats.*)

On y a joint : Divers costumes français du règne de Louis XIV, par S. Le Clerc. Suite de 20 planches remontées en un petit album in-12, broché.

118. **Leitch Ritchie**. Versailles picturesque and romantique, *London*, 1839, gr. in-8, fig., cart., tr. dorée (piqûres), 1 vol. — Versailles ancien et moderne, par le comte A. de Laborde. 1842, gr. in-8, fig., br., couv. impr. — Ens. 2 vol.

119. **Législation**. Réunion d'environ 225 lois relatives à des questions diverses : noblesse, armée, marine, forêts, diplomatie, finances, etc., imprimées à Versailles en 1791 et 1792. — Environ 225 pièces in-4, en ff.

120. **Lélius**. Les Gloires de la France. Deuxième édition. Choix des plus beaux tableaux du Musée de Versailles, peints par les Maîtres de l'École française et reproduits sur acier par nos premiers graveurs. Texte par Lélius. *Paris, Amable Rigaud*, 1868, 1 tome relié en 2 vol. in-4, nombreuses planches hors texte, demi-chag. rouge, tête jas. n. rog.

121. **Le Roi** (J.-A.). Œuvres. *Paris*, 1848-1867, ensemble 13 vol. in-8, la plupart illustrés, reliés.

Des Eaux de Versailles, dans leurs rapports historiques et hygiéniques. — Histoire anecdotique des rues de Versailles, 1854, 2 vol. — Histoire des rue de Versailles ; 2e édit. 1861, 1 vol. — Journal de la santé du roi Louis XIV (1647-1711). — Curiosités historiques sur Louis XIII,

Louis XIV, Louis XV, Mmes de Maintenon, de Pompadour, Du Barry, etc. — Journal des règnes de Louis XIV et Louis XV (1701-1744). Journées des 5 et 6 octobre 1789 à Versailles; Louis XVI et le serrurier Gamain. — Recherches sur les appartements de Mme de Maintenon à Versailles. — Louis XIII et Versailles.

122. — Histoire de Versailles, de ses rues, places et avenues, depuis l'origine de cette ville jusqu'à nos jours. *Versailles*, s. d., 2 vol. in-4, figures, maroq. rouge écrasé, dos à nerfs, dent. int. tr. dorée. (*A. Heldt.*)

Bel exemplaire. — Les 2 vol. sont avec le titre du tome premier.

123. **Le Rouge**. Les Curiosités de Paris, de Versailles, de Marly, de Vincennes, de St-Cloud et des Environs. Avec les adresses pour trouver facilement tout ce qu'ils renferment d'agréable et d'utile. Ouvrage enrichi d'un grand nombre de figures. *A Paris, chez Saugrain*, 1716, in-12, fig. sur bois, demi-chag. brun. (*Edition originale.*)

On y a joint la réimpression publiée par la Société pour la propagation des livres d'art. *Paris*, 1883, gr. in-8, fig., demi-chag. vert, dos orné, tête jas., n. rog.

124. — Les Curiositez de Paris, de Versailles, de Marly, de Vincennes, de St-Cloud et des environs; avec les antiquitez justes et précises sur chaque sujet... Ouvrage enrichi d'un grand nombre de Figures en taille douce. *Paris*, 2 vol. in-12, fig., reliés veau ant.

Éditions de 1718-1742 (2 ex.) — 1760-1771-1778 (3 vol.). — Ensemble 13 vol.

125. **Le Rouge**. *Jardins Anglo-Chinois*. 4e et 6e cahiers de chacun 30 planches gravées sur cuivre. *A Paris, chez Le Rouge*, 1776, 2 vol. in-4 oblongs, dont un cartonné, l'autre br.

Temples, grottes, kiosques, cascades, fontaines, bassins, plans de parcs et de jardins, parterres de broderie, etc., d'après les jardins de Stowe, Windsor, Versailles, Marly, Trianon et autres. — Le 4e cahier, qui est broché, a de fortes mouillures et les 2 premiers ff. sont déchirés dans le coin de la marge du bas. Le 6e cahier est cartonné.

126. **Lireux et Cham**. Assemblée nationale Comique. *Michel Lévy*, 1850, gr. in-8, illustrations de Cham, demi-veau fauve, dos orné, tr. jas., 1 vol. — La Revue Comique à l'usage des gens sérieux (Novembre 1848-Avril 1849), *Dumineray* (Typo-

graphie Lacrampe), in-4 à 2 col., nombreuses illustrations, demi-chag. rouge, dos orné, tr. jas.

127. **Littérature**. Le Temple du Goust (par Voltaire). 1733, in-8, demi-rel. — Directions pour la conscience d'un roi, par Fénelon. *Renouard*, 1825, in-8, papier paille, portr. et fac-sim., chag. bleu, 1 vol. — Poësies et œuvres diverses de Mme Guibert. *Amsterdam*, 1764, in-8, portr., veau ant., 1 vol. — Discours pour la fête de la Maison de St-Cyr, par l'abbé du Serre-Figon. 1786, in-8, demi-rel., 1 vol. — Mémoires de Brantome. *Leyde*, 1665, in-8, veau ant., 1 vol. — Œuvres choisies de Mme et de Mlle Deshoulières. *Genève*, 1727, in-24, portr., veau ant., 1 vol. — Paul et Virginie. *Paris*, *Marcilly*, s. d., in-64, fig., chag. brun, tr. dorée (Édition microscopique). — Ensemble 7 volumes.

128. — Petite Bibliothèque littéraire. *Paris*, *Lemerre*, 20 vol. in-12, br.

La Fontaine. Fables, 2 vol.; Contes et Nouvelles, 2 vol. (Avec 2 suites d'eaux-fortes, de 72 et 40 pl., pour illustrer ces 2 ouvrages). — Th. Gautier. Œuvres : Poésies, 3 vol.; Romans et Contes, 1 vol.; Nouvelles, 1 vol.; Le Roman de la Momie, 1 vol.; Mademoiselle de Maupin, 2 vol. — Sully Prudhomme. Poésies, 1 vol. — François Coppée. Poésies, 1 vol.; Contes simples, 1 vol.; Rivales, 1 vol. — A. Theuriet. Poésis, 1 vol. — H.-Ch. Read. Poésies, 1 vol. — Prévost. Manon Lescaut, 1 vol. — B. de St-Pierre. Paul et Virginie, 1 vol. — Etc.

129. — Réunion de 40 petits volumes, pour la plupart bien reliés, des éditions Quantin, Borel, Jouaust et autres.

Petite collection antique : Les Bucoliques, de Virgile. — Odes et Épodes, d'Horace — Anacréon et Sapho (poésies) — Jason et Médée, d'Apollonius — Les Idylles, de Théocrite — Les Élégies, de Properce — Odes à Lesbie, de Catulle. *Collections « Lotus Alba » et « Lotus Bleu » :* La Flûte de Pan, d'Enacryos — Byblis, de P. Louÿs — Bérénice de Judée, par Soldanelle — Deux Sphinx, par A. Hermant — La Silencieuse, de Rosny — Loreley, de J. Lorrain — Myrtis et Korinna, de Ritter — Le Régiment, par d'Esparbès — Pierrette, par G. Beaume, etc. — B. de St-Pierre. Paul et Virginie, fig. *Liseux*, 1879 — Le Théâtre des Boulevards, par G. d'Heylli, 2 vol. — Les Contes Rémois, par de Chevigné. — Mémoires de la duchesse de Brancas, 1865. — Monacologie illustrée, etc., etc.

130. — Quo Vadis; traduction de B. Kozakiewicz et J.-L. de Janasz. Édition du Jubilé. *Paris*, *Revue Blanche*, 1901, gr. in-8, br., n. c. — Rêveries d'un Païen Mystique, par Louis

Ménard. *Durel*, 1909, in-8, portrait, br., n. c. (tiré à petit nombre). — Mariette, 40 compositions de H. Somm. Par Ludovic Halévy. *Conquet*, 1893, in-8, br., n. c. (Tiré à petit nombre). — Histoire de la Littérature française depuis le XVIIe siècle, par Ém. Faguet. *Plon*, 1900, in-8, rel. — L'Aiglon, drame en 6 actes, en vers. *Charpentier*, 1900, in-8, demi-chag. vert, coins, tête dorée, couv. cons. — L'Enlisement, par C. Vergniol. *Lemerre*, 1897, in-8, demi-maroq., tête dorée, n. rog. couv. cons. (Grandes marges. Envoi d'auteur). — L'Enfer du Bibliophile, par Ch. Asselineau. *Conquet*, 1905, in-8, 7 pointes sèches de L. Lebègue, in-8, br. — Ensemble 8 vol. reliés et brochés.

131. **Littérature et histoire** (Époque Louis XIV). Ouvrages de M. Perrault. 2e édit. 1676, in-12 veau (Aux Armes de Maupeou). — Assemblée pour trouver les moyens, par de nouveaux impôts, de continuer la guerre. 1696, in-18, frontis., maroq. vieux rouge. — Les Amours de Mme de Maintenon. 1694, in-32, cart. — Le Mercure postillon. *Liège*, 1667, in-18, veau anc. — Conseil privé de Louis le Grand. 1696, in-12, frontis., veau anc. — L'Homme de Cour de Baltasar Gracian. Traduction Amelot de La Houssaye. 5e édit. *Lyon*, 1691, in-8, frontis., veau anc. — Les Fables d'Ésope. Avec des réflexions morales, par J. Baudoin. *Bruxelles*, 1669, in-8, fig., veau anc. (mouillure). — Les Œuvres en vers et en prose de Monsieur de Marigny. 1674, in-12, frontis., veau anc. — Mémoires de M. de La Porte, premier valet de chambre de Louis XIV. 1756, in-12, veau anc. — Le Nouveau Panthéon, ou le rapport des Divinités du paganisme... avec les vertus de Louis XIV. 1686, in-8, veau anc. Etc. — Ensemble 13 vol. in-8 et in-12.

132. **Maîtresses des Rois de France**. Réunion de 14 volumes ou brochures, in-8 et in-4, rel. et br.

Mme de Pompadour et la cour de Louis XV, portrait, par Em. Campardon. — Mme de Montespan et la légende des poisons, avec 2 portraits, par J. Lemoine. — Mme de Montespan and Louis XIV, with portrait, by Noel Williams. — Nouvelles à la main sur la comtesse Du Barry, par Em. Cantrel. Avec 2 portraits. — Le Château de Clagny et Mme de Montespan, par Bonnassieux. — Versaillais d'autrefois, par P. Fromageot. — Louis XV intime et les petites maîtresses, avec portraits, par le Cte de Fleury, — Comtesse de Balbi, portrait, par de Reiset, etc., etc.

133. **Manesson Mallet** (Allain). La Géométrie pratique, divisée en quatre livres... *A Paris, chez Anisson*, 1702, 4 vol. petit in-4, fig., veau-granit, dos orné, tr. rouge. (*Rel. anc.*)

Orné de 500 planches gravées sur cuivre : vues des châteaux de Versailles, Clagny, Fontainebleau, Richelieu, etc., etc.

134. **Mangin** (Arthur). Les Jardins; histoire et description. Dessins par Anastasi, Daubigny, V. Foulquier, Francais, W. Freeman, H. Giacomelli, Lancelot. *Tours, Mame*, 1867, in-4, fig., percal. rouge de l'édit., n. rog.

Nombreuses gravures sur bois dans et hors texte.

135. **Manuscrit** autographe de la 2e moitié du XVIIIe siècle. Dissertation sur les principaux ouvrages et les mémoires qui ont été écrits sur l'Histoire de France adressée à Mme de Genlis. 84 pp. d'une belle écriture anglaise, encadrés d'un filet rouge et reliés en un volume, in-8, maroq. rouge, fil. sur les plats, petits fleurons aux angles, dent. int. dos orné, tr. dorée. (*Rel. anc.*)

136. **Manuscrits divers**. Répertoire alphabétique, d'une écriture très lisible, des noms et prénoms de MM. les officiers, artistes, employés, pensionnaires, etc., des Bâtiments du Roi. S. l. n. d. (XVIIIe siècle), in-fol. de 183 ff., rel. vélin blanc. (*Rel. anc.*)

Très intéressant manuscrit faisant connaître *l'état civil* d'un grand nombre d'artistes et autres personnages du temps de Louis XV. Ces noms sont quelquefois suivis de notes curieuses.

137. — État et Main Journal de la dépense ordinaire de la Chambre aux Deniers du Roy. Année 1754. Manuscrit de 350 pp., rel. en un vol. in-4, veau ant. — État et Main Journal de la dépense ordinaire de Monsieur le Dauphin. Année 1773. Manuscrit de 39 feuillets, rel. en un vol. in-4, veau ant. — Ens. 2 manuscrits.

138. — Trésorerie Générale des Bâtiments, Arts et Manufactures du Roy, pour l'année mil sept cent soixante-quatre (1764). M. Antoine Jean-Baptiste Dutartre, Trésorier général alternatif, et Commis pour achever le dit exercice. Double. Me de Pille, Procureur. *Versailles*, 1764, manuscrit in-fol., de plu-

sieurs centaines de pages, relié veau ancien, filets dorés et fleurs de lys aux angles, tr. dorée. (*Rel. anc.*)

Manuscrit renfermant de très intéressants documents pour l'histoire de Versailles.

139. **Manuscrits divers.** Versailles Immortalisé... (Description de Versailles en vers). Manuscrits en plusieurs cahiers formant 2 vol., renfermés dans 2 emboitages. — Le Château de Marly (vers). Manuscrit formant un vol., renfermé dans un emboitage. — Ensemble 2 manuscrits formant 3 vol. (Fortes mouillures.)

C'est pendant sa détention à la Bastille que Monicart aurait écrit 9 volumes de description de Versailles en vers. Les deux premiers (ceux-ci) ont été publiés; les 7 autres sont restés manuscrits et sont, aujourd'hui, en la possession d'un amateur versaillais.

140. — Idée des Finances, Dépenses, revenus, etc., de la Maison du Roi (Louis XIV et Louis XV). Manuscrit in-fol. de 180 pp., dans un portef. — Divers modèles en exécution d'ouvrages de bronze, ciselure et dorure, d'après les ordres et pour le service de Mme la comtesse du Barry, par Gouthière, Ciseleur ordinaire des Menus Plaisirs du Roi. Manuscrit in-fol. de 62 pp., rel. en un vol., demi-toile. (Copie du Manuscrit original.)

On y a joint : Voyage de Paris à Versailles. A Mme de Labouisse : 16 mai, 1806, manuscrit in-4, de 26 pages en vers, non signé, br. — Ens. 3 manuscrits.

141. **Marbot.** Mémoires du Général Bon de Marbot. 41e édition. *Paris, Plon*, s. d., 3 vol. in-8, fig., demi-chag. vert, dos, plats ornés en long, tête dorée, n. rog., couv. cons.

142. **Marie-Thérèse d'Autriche.** La Magnifique Pompe Funèbre et le Service Solennel qui s'est fait dans l'Abbaye Royale de St Germain des Prez. 1683, brochure in-4 de 26 pages avec 2 planches gravées par Marot. — La Pompe du Convoy de la Reyne en l'église de S. Denys. 1683, broch. in-4 de 8 pages, avec une grande planche remontée.

On y a joint : Règlement du feu Roy Louis XIII sur la convocation du Ban et arrière Ban ordonnez estre faits es années 1635 et 1639. *Versailles, Huguet*, 1697, broch. in-fol. de 18 pp. — Ens. 3 brochures.

143. **Marly-le-Roi,** son histoire (697-1904), par C. Piton. *Paris*, 1904, gr. in-8, fig., demi-rel. — Les Seigneurs de Marly, par

Maquet. 1882, in-8, pl. en coul., br. — Les chevaux de Marly ; texte manuscrit en anglais, avec fig. 1907, in-8, br. — Le Château de Marly, par Guillaumot. 1885, 2 pl. — Marly-le-Roi, par C. Piton. 1904, in-12, fig. rel. et br. — Ens. 7 vol.

144. **Mémoires** historiques et secrets, concernant les Amours des rois de France. Avec quelques autres pièces (Réflexions sur la mort de Henri le Grand ; Le Mal de Naples ; Trésors des Rois de France). Par J. B. de Boyer, Marquis d'Argens). *A Paris, Vis à vis le Cheval de Bronze* (Hollande), 1739, in-12, maroq. rouge, dos orné, fil., dent. int., n. rog. (*Thompson.*)

Aux Armes du Banquier Adolphe Audenet (1800-1872). Cachet de Bibliothèque sur le titre.

145. **Mirys**. Figures de l'Histoire de la République Romaine, accompagnées d'un précis historique. Première partie, imprimée sur papier vélin. *A Paris, chez le citoyen Mirys*, An VIII (1800), in-4, bas. mouchetée, dos orné, tr. jas.

Frontispice et 172 (sur 180) planches gravées par Baquoy, de Longueil, de Launay, Patas et autres, d'après les dessins de S. de Mirys.

146. **Les Modes.** Revue mensuelle illustrée des Arts Décoratifs appliqués à la Femme. Depuis la 1re année, 1911, à la 6e année, 1906, inclus. *Paris, Manzi, Joyant et Cie*, 1901-1906, 6 vol. in-4, en livraisons.

Nombreuses illustrations en noir et en couleurs.

147. — Les Modes. Revue mensuelle illustrée des Arts Décoratifs appliqués à la Femme. De l'origine, 1901, à la 4e année, 1904 inclus. *Paris, Manzi, Joyant et Cie*, 1901-1904, 4 vol. in-4, illustrés de nombreuses reproductions en noir et en couleurs, reliés demi-percal. rouge, tête jas. n. rog., couv.

148. **Molière.** *Œuvres.* Les Plaisirs de l'Isle enchantée. — L'Impromptu de Versailles. Illustrations par Jacques Leman. Notices par Anatole de Montaiglon. *Paris, Testard*, 1888, 2 vol. in-4, fig., reliés demi-maroq. grenat et demi-percal. grise.

Ornés de planches hors texte et de vignettes dans le texte.

149. **Monicart** (Jean-Baptiste). Versailles immortalisé par les merveilles parlantes des Bâtiments, Jardins, Bosquets... *A Paris, chez Étienne Ganeau et chez J. Quillau*, 1720, 2 vol. in-4, nombr. planches gravées, cartonnés demi-toile, n. rog.

150. **Montorgueil** (Georges). La vie à Montmartre. Illustrations de Pierre Vidal. *Paris, Boudet*, s. d. (1899), in-4, fig., br., couv. ill.

Illustré de nombreuses figures dans et hors texte, noires et coloriées.

151. **Morland**. Élévation des Eaux par toute sorte de machines, réduite à la mesure, au poids, à la balance, par le moyen d'un nouveau Piston, et corps de pompe, et d'un nouveau mouvement Cyclo-Elliptique, en rejetant l'usage de toute sorte de Manivelles ordinaires... *A Paris*, 1646, in-4, fig. maroq. rouge, compart. de fil sur les plats, dent. int., dos orné, tr. dorée. (*Rel. anc.*)

On lit sur le feuillet précédent le titre : *L'Auteur de ce livre en fait présent a la Sérénissme République de Venise, en suppliant le Sénat de le faire mettre dans quelque coin de leur Lib ain e pu lique...* 1689. Signé Morland.

152. **Musée de Versailles**. Notices et Catalogues. Réunion d'environ 15 volumes de divers formats, brochés et reliés.

Armoiries des Salles des Croisades, 2 forts vol. in-8, avec fig. *Impr. Royale*, 1840-44. — Catalogue général des *Galeries historiques de Versailles*. Gavard, s. d., gr. in-8, demi-rel. — De Nolhac et Perate. Le Musée de Versailles. *Braun*, 1896, in-8 carré, 110 reproductions, cartonné. — Description par salles des tableaux du Musée de Versailles, 1837, 1 vol. — Nouveau Guide au Musée, Château et Jardins de Versailles. — Notice historique des peintures et des sculptures du Palais de Versailles, etc., etc.

153. — Musée de Versailles. Galeries historiques du Palais de Versailles. Première partie : peintures, sujets. *Paris, Impr. de Fain et Thunot*, 1842, fort vol. in-8, 3 plans, maroq violet à long grain, compart. de filets sur les plats, dos orné, dent. int., tr. dorée. (*Ginain.*)

Exemplaire sur grand papier aux armes de Louis-Philippe.

154. — Musée de Versailles. Notices historiques des peintures et des sculptures du Palais de Versailles. Tables de Bronze de

la Galerie des Batailles, 1 vol. — Peinture : sujets, 1 vol. — Peinture : portraits, 1 vol. Tableaux historiques, 1 vol. *Paris*, 1837-1842. — Ensemble 4 vol. in-8, maroq. violet à long grain, compart. de fil., dent. int., dos orné, tr. dorée. (*Ginain.*)

155. — Musée de Versailles. Notice des peintures et sculptures du Musée de Versailles, par Eud. Soulié. 1854-55. 2 vol. — Notice du Musée Impérial de Versailles, par Eud. Soulié 2e édition, 1859-61, 3 vol. Notice du Musée National de Versailles, par Eud. Soulié, 3e édition. 1880-81, 4 tomes en 1 fort vol. — Notice des peintures et sculptures du palais de Versailles. Éditions de Crapelet et de Thomassin. 1837, 4 vol. — Ensemble 10 volumes in-8 et in-12, reliés et brochés.

156. — Musée de Versailles. Réunion d'environ 50 volumes ou brochures : Catalogues, Guides, Notices, etc. sur le Musée de Versailles et des Trianons. In-12, la plupart brochés, publiés de 1837 à 1910.

157. **Musée de Versailles**, ou Tableaux de l'histoire de France, avec texte d'après les meilleurs historiens. *Furne*. 1850, 1 vol. — Versailles; palais, musée, jardins, 1 vol. — Souvenir d'une promenade à Versailles, 1 vol., *Paris*, *Furne*, 1850, *et Galeries Historiques*, s. d. — Ensemble 3 vol. in-4 et gr. in-8, illustrés de nombreuses planches; reliés et cartonnés.

158. **Musique, équitation, divers**. État actuel de la Musique du Roy. *Paris*, *Vente*, 1774, in-18, fig., maroq. rouge fil., dent. int., tr. dorée, 1 vol. — Recueil d'opuscules sur les différentes parties de l'Équitation. *Versailles*, 1789, in-8, veau ant., 1 vol. — Police sur les Mendiants, filles prostituées... *Paris*, 1764, in-8, veau ant. — Mercure de France. Dédié au Roi (janvier, février, mars, avril; novembre et décembre). *Paris*, 1748, 2 vol. in-12, demi-rel. anc. — La Grande Galerie de Versailles, par Ch. Le Brun. *Paris*, 1753, plaq. in-12 de 60 pp., demi-rel. — Pratique de dévotion en l'honneur de St Jean Népomucène. *Paris*, 1744, in-12 maroq. rouge fil., dos orné, tr. rouge. — Ensemble 8 vol.

159. **Nolhac** (P. DE). Le Château de Versailles sous Louis XV, fig. *Champion*, 1898, gr. in-8, demi-bas. marbrée, coins. —

Versailles, and the Trianons, by P. de Nolhac. Illustrated by René Binet. *London*, 1906, in-8 carré, fig. en coul., cart. toile verte, tr. jas. — Le Château de Versailles au temps de Marie-Antoinette, 2 exemplaires, cart. demi-toile, dont 1 sans titre. Ens. 4 vol.

160. **Nolhac** (P. de). *Etude sur la Cour de France*. Marie-Antoinette, Dauphine, 1 vol. — La Reine Marie-Antoinette, 1 vol. *Paris, Calmann-Lévy*, 1900-1901, 2 vol. in-12, reliés cuir souple bleu de France, armes de Marie-Antoinette sur le 1er plat, tête dorée, n. rog.

3 exemplaires de chacun 2 vol. en rel. unif.

161. — La Création de Versailles, d'après les sources inédites. Étude sur les origines et les premières transformations du château et des jardins. Ouvrage illustré de 110 documents contemporains : estampes, dessins et plans manuscrits du service des Bâtiments du Roi. *Versailles, Bernard*, 1901, in-fol., demi-bas. marbrée, dos orné, tête dorée, n. rog.

Envoi autographe de Nolhac à L. Bernard.

On y a joint les 66 planches hors texte qui avaient paru dans les cinq premières livraisons publiées par la *Société d'Edition artistique*.

162. — Versailles and the Trianons. Illustrated by René Binet. *London, William Heinemann*, 1906, in-4, fig. en couleurs, vélin blanc, fers spéciaux, tête dorée, non rog.

Tiré à 100 exemplaires numérotés et signés par l'artiste.

163. — Versailles et Trianon. Pages d'Art et d'Histoire, illustrées par la reproduction en couleurs des aquarelles de René Binet. *Paris, Hachette*, 1909, in-4, nombreuses planches en couleurs contre-collées sur papier teinté, vélin blanc, fer spéciaux, tête dorée, n. rog.

Tiré à 250 exemplaires numérotés (n° 40).

164. — Histoire du Château de Versailles sous Louis XIV. *Paris*, 1911, 2 vol. in-4, fig., br., n. c.

Tiré à 350 exemplaires numérotés sur papier vélin d'Arches, orné de 50 planches hors texte, dont plusieurs en couleurs.

165. **Nolhac** (P. de). *Les Grands Palais de France.* Versailles; introduction et notices par Pierre de Nolhac. *Paris, Eggimann*, s. d., 2 vol. in-fol., en portef.

160 planches en phototypie, avec notices et plans.

166. **L'Ombre du Grand Colbert**, le Louvre et la ville de Paris, dialogue. Réflexions sur quelques causes de l'état présent de la Peinture en France. Avec quelques lettres de l'auteur à ce sujet. Nouvelle édition corrigée et augmentée. S. l., 1752, in-12, frontis., cart., n. rog.

On y a joint un 2e exemplaire relié veau ant., dos orné, tr. rouge en marge. (Petite mouillure de quelques ff.)

167. **Palais royaux**. Résidences de Souverains, par Percier et Fontaine (texte seul), 1 vol. — Domaine de la Couronne : le Château de Versailles et notices sur les châteaux royaux, 3 vol. *Paris*, 1833-1837. — Ensemble 4 vol. in-4, demi-rel.

Les 2 volumes sur Versailles sont ornés de plans et vues.

168. **Le Passe-Temps royal**, ou les Amours de Mademoiselle de Fontange. S. l. n. d. (Bruxelles, 1681). — Prévarications du Père de La Chaize, Confesseur du Roy. *A Cologne, chez F. Wommer*, 1685; ensemble 2 ouvrages reliés en un vol. in-24, veau ciré, dent. int., tr. rouge. (*Rel. anc.*)

169. **Perelle et Aveline**. Vues de Paris, Versailles, Meudon, Saint-Cloud, Saint-Germain, Fontainebleau, Chantilly, Liancourt, Vaux-le-Vicomte, etc. Recueil factice de 121 planches gravées sur cuivre, relié en un vol. in-4 oblong, demi-bas., tr. rouge.

170. **Peyre** (A.-F.). Œuvres d'Architecture. *A Paris, chez l'auteur*, 1818, in-fol., demi-bas. fauve, dos orné, tr. jas. (*Rel. de l'époque.*)

80 planches en grande partie ombrées, avec texte, contenant différents projets, dont 2 sont relatifs à la restauration du château de Versailles. Une pl. est détachée de la reliure.

171. **Pfnor** (Rodolphe). Architecture, décoration et ameublement (Époque Louis XVI), dessinés et gravés d'après des motifs choisis dans les Palais Impériaux, le Mobilier de la

Couronne, les Monuments publics et les Habitations privées. Avec texte descriptif. *Paris, Morel*, 1865, in-fol. en portef.

1er tirage des 50 planches gravées, avec texte illustré.

172. **Pièces historiques**. Réunion d'environ 100 pièces publiées en 1672 à 1791. In-4 en ff.

Harangues faites au Roi. — Arrêts de la Cour du Parlement. — Proclamation du Roi. — Lettres Patentes du Roi, etc.

173. — Réunion d'environ 60 pièces historiques ou curieuses, relatives à Versailles : Discours, ordonnances, déclarations, Lettres patentes du Roi ; Décrets de la Convention ; Tableau des marchands drapiers de Versailles en 1779 ; Mémoires et procès ; Liste des notables de Seine-et-Oise en l'an X, etc. — Environ 60 pièces ou brochures in-4, dans un emboîtage.

174. **Piganiol de la Force**. Nouvelle description des Chasteaux et Parcs de Versailles et de Marly. Avec les plans de ces deux Maisons Royales. *Paris, Delaulne*, 1701, in-12, 2 plans, maroq. rouge, tr. dorée (1re édition). — Le même ouvrage, 2e édition, 1707, in-12, plans, veau ant. — Description de la Chapelle du Chasteau de Versailles, et des ouvrages de sculpture et de peinture. Avec les figures nécessaires. *Paris, Delaulne*, 1711 in-12 avec fig., 2 exemplaires reliés. — Ensemble 4 vol.

175. — Nouvelle description des Chasteaux et Parcs de Versailles et de Marly. *Paris*, 2 vol. in-12, avec fig., rel. veau anc., dos orné, tr. rouge.

Éditions de 1713, 1715, 1717, 1724, 1730, 1738, 1751, 1764. Ensemble 16 vol.

176. — Description de Paris, de Versailles, de Marly, de Meudon, de St-Cloud, de Fontainebleau. Avec des figures en taille-douce. *Paris, Le Gras*, 1736, 2 vol. in-12, fig. veau marbré, dos orné, tr. rouge. — Les Délices de Versailles, de Trianon et de Marly. Enrichi de fig. en taille-douce. Par M. P. de la Force, 2e édition. *A. Leide*, 1728, 2 vol. in-12, fig., veau clair, dos orné, tr. marbré. — Ensemble 4 vol.

177. **Pilon** (Edmond). La Belle au Bois dormant et quelques autres contes de jadis. Préface de Edmond Pilon. Illustra-

tions de Edmond Dulac. *Paris, Piazza*, s. d. (1910), in-4, br., n. c.

Trente compositions hors texte en couleurs.

178. **Les Plaisirs de l'Isle enchantée.** Course de Bague; collation ornée de machines; Comédie meslée de danse et de musique; Ballet du Palais d'Alcine; Feu d'artifice; et autres Festes galantes et magnifiques faites par le Roy à Versailles, le VII may 1664 et continuées plusieurs autres jours. *A Paris, de l'Imprimerie Royale*, 1673, in-fol., demi-vél. blanc, n. rog.

Texte de 92 pages, y compris le titre, orné de 3 vignettes, et 9 planches doubles gravées par Israël Silvestre.

Belles épreuves avant les n^os et avant que les mots *cum Priv. Regis* aient été effacés. — Petit trou dans la marge au bas du titre.

179. **Plans des environs de Paris**. Réunion d'environ 25 plans, anciens et modernes, la plupart collés sur toile et pliés dans des étuis.

Carte coloriée des environs de Paris, par Brion de la Tour, 1788. — Carte de la Seine et de Seine-et-Oise, par Guinegane, 1814. — Carte coloriée de la Seine, Seine-et-Oise, etc., par J. Pohrson, 1811. — Nouvelle carte routière des environs de Paris, 1828. — Carte des routes de Seine-et-Oise dressée en 1835, par d'Astier de la Vigerie. — Nouvelle carte des environs de Paris, par Gavard, 1854, etc.

180. **Plans de Versailles**. Plan de la ville, du château et du parc de Versailles, par l'abbé Delagrive, 1746. — Nouveau plan de Versailles, par Coutant de la Motte, 1785. — Plan de Versailles et des Trianons, par Ch. Picquet, 1821. — Le même plan colorié, 1821. — Plan de Versailles, du parc et des Trianons, par Ch. Picquet, 1844. — Plan colorié de la ville, du château et du parc de Versailles, par G. Thauvin, 1906. *Paris et Versaillles*, 1746-1906, ensemble 6 plans in-fol., collés sur toile, pliés et renfermés dans un étui.

181. **Porte-feuille** d'un Talon Rouge, contenant des Anecdotes galantes et secrettes de la cour de France, *A Paris, de l'Imprimerie du Comte de Paradès*, l'an 178 (Versailles 1779), petit in-8 de 42 pp., demi-percal. rouge, n. rog.

Édition originale, très rare, de ce violent pamphlet contre la reine Marie-Antoinette.

182. **Port-Royal.** Histoire abrégée de l'Abbaye de Port-Royal, depuis sa fondation en 1204, jusqu'à l'enlèvement des Religieuses en 1709, (par Michel Tronchay). S. l., 1710, in-12, veau ant., tr., rouge. — Abrégé de l'Histoire de Port-Royal, par M. Racine, de l'Académie Française. *Imprimé à Vienne et se trouve à Paris, chez Lottin,* 1767, in-12, veau marbré, dos orné, tr. rouge. — Ensemble, 2 vol.

183. — Recueil factice de 16 planches, gravées sur cuivre (Magd. Horthemels fec.) relatives à Port Royal; Plan, vues perspectives et intérieures, scènes, etc. Petit in-4 oblong, maroq. rouge, dent. sur les plats et int., dos orné (*Rel. anc.*)

Plusieurs planches sont détachées de la reliure et plus courtes de marges. Taches et cachets à quelques planches.

184. **Précis historique** de la Vie de Mad. La Comtesse Du Barry. Avec son portrait. *Paris*, 1775, in-12, portrait, maroq. vert, dos orné, fil., tr. dorée.

185. **Procez Verbal** de l'Assemblée générale du Clergé de France, tenue à Saint Germain en Laye, au chasteau neuf, en l'année mil six cens quatre-vingt-dix. Monsieur l'abbé Phelypeaux, ancien agent du Clergé, secrétaire. *A Paris, chez François Muguet*, 1693, in-fol., veau rac., dos orné, tr. rouge. (*Rel. anc.*)

186. **Procès-Verbaux** des Lits de Justice tenus par le Roi au Château de Versailles dans différentes années de 1732 à 1787. *Imprimerie Royale*, 1732-87, 12 brochures in-4. — Réunion de 11 brochures in-4 : Harangues faites au Roy, à Versailles et à Marly, dans différentes années de 1700 à 1730. *Paris*, 1700-1787, ensemble 23 brochures in-4, quelques doubles, dans un emboîtage.

187. **Promenades** (Les) et Rendez-vous du Parc de Versailles (par Huerne de la Mothe). *A Londres*, 1784, 2 parties en un vol. in-12, bas. marbrée, filets sur les plats et int., dos orné, tr. rouge. — Scènes Champêtres du Parc de Versailles (par J. A. Perreau). *Londres*, 1790, in-12, bas. marbrée, filets sur les plats et intérieurs, dos orné, tr. rouge. — Ensemble 2 vol. en rel. unif.

188. **Provinces**. Analyse des Départements de la France, 86 cartes, avec texte explicatif. Format in-16, en ff. dans un étui. — Les Promenades des environs de Paris, par M. Robert de Vaugondy, 5 cartes, 1761. — Liste générale des Postes de France, dressée par ordre du Roy (on est averty qu'en l'entrée et à la sortie des villes de Paris... les postes se payent doubles... *A Paris, chez Jaillot*, 1744. — Ensemble 3 ouvrages, dont un in-12 et un in-8, rel. veau ant.

189. **Pugin.** Paris and its Environs, displayed in a series of two hundred picturesque views, from original drawings, taken under the direction of A. Pugin. The engravings executed under the superintendence of Mr., C. Heath. *London Jennings and Chaplin*, 1831, 2 vol. in-4, demi-chag. vert, dos orné, n. rog. (*Rel. de l'époque.*)

Nombreuses planches gravées avec notices en anglais et en français.

190. **Rahir** (Édouard). *La bibliothèque de l'Amateur*. Guide Sommaire à travers les livres anciens les plus estimés et les principaux ouvrages modernes. *Paris*, 1907, in-8, br. — Repertoire Méthodique de la librairie Damascène Morgand. 1893, fort vol. in-8, demi-chag. vert, tr. marbrée. — Ens. 2 vol.

191. **Rainssant.** Explication des Tableaux de la Galerie de Versailles et de ses deux sallons. *Versailles, Fr. Muguet*, 1687, in-12, fig., veau ant., 1 vol. — La Grande Galerie de Versailles et les deux salons qui l'accompagnent, peints par Ch. Le Brun premier Peintre de Louis XIV, dessinés par J.-B. Massé. *Paris*, 1753, in-12 de 60 pp., maroq. vert, fil., dent. int., tr. dorée. — Ensemble 2 vol.

192. **Reclus** (Onésime). Atlas pittoresque de la France. Recueil de vues géographiques et pittoresques de tous les départements accompagnées de notices géographiques et de légendes explicatives. *Paris, Attinger frères*, s. d. (1909-1912), 36 fascicules in-4 (109 livrais.), br.

Fascicules 1 à 36; le 14e manque.

193. **Relation** de la Feste de Versailles du 18 juillet mil six cent soixante-huit. Texte par Félibien. *A Paris de l'Impr.*

Royale, 1679, in-fol., 5 planches doubles gravées par Le Pautre, veau ant., dos orné, tr. fas. (*Armes Royales.*)

On y a joint :

1° Les plaisirs de l'Isle enchantée, 1664, 9 planches gravées par Is. Silvestre.

2° Les Divertissements de Versailles, 1674, 6 planches doubles, gravées par Le Pautre et Chauveau.

Ensemble 20 p.

194. **Relation des Assemblées** faites à Versailles dans le grand appartement du Roy pendant ce carnaval de l'an 1683, et des divertissements que Sa Majesté y avoit ordonnés. *A Paris chez Pierre Cottard*, 1683, in-12, maroq. rouge, dos orné, fil., dent. int., tr. dorée. (*Belz-Niedrée.*)

Bel exemplaire de cet ouvrage rare.

195. **Révolution**. Réunion d'environ 25 volumes ou brochures in-8, brochés et reliés.

Dénonciation formelle à la Convention nationale contre Billaud-Varennes, Barère, Collot-d'Herbois, Vadier, Vouland, Amar et David. Par L. Lecointre (1794). — Le Courrier de Versailles à Paris et de Paris à Versailles, par Gorsas (30 n^os^ séparés 1789). — Bibliographie des Journaux de la Révolution, depuis 1787 jusqu'à 1829 (par Deschiens) — Le Spectateur français pendant le gouvernement républicain, par Delacroix. 1815. — La disette de 1789 à 1792 jusqu'à la loi du maximum, par Dramard, 1872. — Journées de septembre 1792, par de Saint-Méard et autres, 1825. — Vente du mobilier du Château de Versailles, par Davillier. —Journal de Louis XVI, par Nicolardot, 1873, etc., etc.

196. — Procédure criminelle instruite au Chatelet de Paris, sur la dénonciation des faits arrivés à Versailles, dans la journée du 6 octobre 1789. *Paris*, *Baudouin*, 1790, 2 vol. br. — Premier Registre des dépenses secrètes de la cour, connu sous le nom de Livre Rouge. *Impr. Nationale*, 1793, 1 vol. rel — La Culotte, chanson érotique sur différents sujets, et singulièrement sur la Révolution Françoise, par le Sieur Belier, Sergent de la Garde-Nationale de Versailles. Frontispice de J.-B. Huet, 1790; 1 vol. rel. — Maison du Roi... Examen soumis au Roi et à l'Assemblée Nationale. 1789, 1 vol. — Ensemble 6 vol. in-8 et in-4, br. et rel.

197. **Revue** de l'Histoire de Versailles et de Seine-et-Oise. Depuis l'origine 1899 à la 14e année (août 1912) inclus. *Versailles*, 1899-1912, 10 vol. in-8, br.

Les années 1907, 1908, 1909 et 1910 manquent.

198. **Robiquet** (Jean). La Parisienne par l'Image; trois siècles de grâces féminines. *Paris, Baschet*, s. d., in-4 oblong, chag. vieux rouge, semis de lettres P et de couronnes sur le dos et les plats, tr. rouge.

1400 gravures des XVIIe, XVIIIe et XIXe siècles publiées dans le *Panorama*.

199. **Rooses** (Max). Christophe Plantin, imprimeur Anversois. 2e édition. *Anvers*, 1890, in-4, nombr. fig., demi-veau marbré avec coins, dos orné, tête rouge, n. rog., couv. cons.

200. **Saint-Simon.** Mémoires; nouvelle édition collationnée sur le manuscrit autographe, augmentée des additions de Saint-Simon au Journal de Dangeau et de notes et appendices, par A. de Boislisle. *Paris, Hachette*, 1789-1902, 13 vol. gr. in-8, br.

Tomes 1 à 9, 11, 12, 14 et 16.
De la collection des *Grands Ecrivains de la France*.

201. **Sainte-Beuve** (C. A.). Livre d'Amour. Préface de Jules Troubat. *Paris, Durel*, 1904, in-8, br., n. c.

Tirage à 450 exemplaires numérotés sur papier vélin d'Arches.

202. **Saint-Cyr**. Réunion d'environ 10 volumes ou brochures, anciens et modernes, relatifs à Saint-Cyr. In-8 et in-4, br. et rel.

Le Bahut, album de St Cyr, fig., par A. Lubet. — Souvenirs de St Cyr, fig. — Le théâtre à Saint-Cyr, par Taphanel. — Fortunas, pièce jouée à la distribution des prix en 1807. — Mémoires de Manseau, fig., par Taphanel. — Livre d'Heures à l'usage des Demoiselles de St Cyr, etc., etc.

203. **(Savinier d'Alynes)** Les Délices de la France, ou description des provinces et villes capitales d'icelle, depuis la Paix de Ryswyk. Et la description des châteaux, maisons royales, etc. *A Amsterdam, chez Pierre Mortier*, 1699, 2 vol. in-12, fig., veau ant., dos orné, tr. marbrée.

Petit ouvrage rare, orné de fig., cartes et plans gravés sur cuivre.

204. **Scudéry** (Mlle de). La Promenade de Versailles, Dédiée au Roi. *A Paris, chez Denys Thierry*, 1669, in-8, veau rac., dos orné, tr. jas. (*Rel. anc.*)

Ce roman anonyme de Mlle de Scudéry est une description de Versailles publiée pour la première fois. — Le frontispice manque; transposition. — Rare.

205. **Scudéry** (Mlle de). La Description de Versailles, ou Célanire, nouvelle galante dédiée au Roy, par Mademoiselle de Scudéry. *Paris*, 1698, in-12, demi-veau fauve, tr. jas. — La Promenade de Versailles ou entretien de six coquettes. *A la Haye, chez Corneille de Ruyt*, 1737, in-12, demi-maroq. rouge, coins, dos orné, tr. dorée. — Ens. 2 vol.

206. **Sermon** en l'honneur des Enfans de Bacchus. *A Cologne, chez Pierre-le-Grand*, 1706, in-12 de 43 pp., orné d'un frontispice, maroq. rouge, 3 fil. sur les plats, dent. int., dos orné, tr. doré. (*Hardy*.)

207. **Souvenir** d'une Promenade à Versailles, *Paris, au Bureau des Galeries historiques de Versailles*, s. d., in-fol. demi-chag. brun, coins, tr. jas.

49 (sur 50) planches gravées et tirées sur papier de Chine. Avec 10 pages de texte historique.

On y joint 31 planches du même ouvrage, planches gravées au trait sur papier ordinaire, sans texte, reliées en un vol. in-fol., demi-chag. vert.

208. **Statues de Versailles**. Recueil factice d'environ 340 gravures, extraites pour la plupart de l'ouvrage de Thomassin, remontées en un album in-4, oblong., demi-percal. — Recueil des figures, groupes, thermes, etc. du château et parc de Versailles, par Thomassin. *Amsterdam*, 1695, petit in-4, fig. veau ant. — Le même, copie allemande. *Augspürg*, 1750, in-8, fig., demi-rel. — Recueil des figures du Parc de Versailles, rangées en ordre de promenade pour l'Académie des Enfants. 1784, 2 vol. in-8, fig., rel. — Ensemble 5 vol.

209. **Stryienski** (Casimir). Mesdames de France Filles de Louis XV. Documents inédits. *Paris, Émile-Paul*, 1910, in-4, fig., br., n. c.

Tiré à 325 exemplaires numérotés; l'un des 300 sur papier vélin d'Arches.

Illustré de planches hors texte, dont une en couleurs, d'après les documents de l'époque.

210. **Studio** (Numéros spéciaux du). Les Jardins d'Angleterre du Sud et de l'Ouest; 1907-08, 1 vol. — Les Jardins d'Angleterre du Centre et de l'Est; 1908-09, 1 vol. — Portraits

en Miniature; Printemps 1910, 1 vol. — Les Jardins d'Angleterre dans les Comtés du Nord; Printemps 1911, 1 vol. — *London*, 1907-1911. — Ensemble 4 vol. in-4, nombreuses illtusrations en noir et en couleurs, avec traduction française, br. couv.

211. **Swidde** (Guillaume). Veues de Versailles gravées sur les desseins au Naturel, par Guillaume Swidde. *Paris, chez Nicolas Visscher*, s. d., in-fol., demi-rel.

101 planches gravées sur cuivre formant 8 cahiers marqués A-H et tirées par 4 sur une feuille double. Elles représentent des vues du château et du parc de Versailles, ainsi que les fontaines, treillages, statues, vases, etc.; et les oiseaux de la Ménagerie.

Bel exemplaire à grandes marges; très rare en cet état.

212. — Vues de Versailles, gravées sur les desseins au Naturel, par Guillaume Swidde. *Paris, N. Visscher*, s. d., in-4 oblong, demi-rel.

83 planches d'une suite de 101 p. — On y a joint Le Labyrinthe de Versailles, 41 p. gravées par N. Visscher.

213. — Vues de Versailles. Die Prospect von Versailles. beij Jehan Ulrich Krauss in Augspürg. In-12 oblong., 50 gravures sur cuivre, relié veau ant., 1 vol. — 50 Vues de Versailles. Die Prospect von Versailles, beij Jehan Ulrich Krauss in Augspürg. In-8 de 25 planches contenant chacune 2 gravures, rel. veau anc., 1 vol. — Le même in-8, cartonné, 1 vol. — Un 3e exemplaire du même, contenant 44 gravures sur 50, broché, 1 vol. — Ensemble 4 vol. in-8 et in-12, reliés et broché. (Mouillures.)

214. **Théâtre**. L'Amour Médecin; Les Plaisirs de l'Isle enchantée; Le Festin de Pierre. Par J. B. P. Molière. Suivant la Copie imprimée. *Paris*, 1674-1675, 3 pièces en un vol. in-18, maroq. rouge, dos orné, tr. dorée. — L'Impromptu de Versailles; La Comtesse d'Escarbagnas. Par J. B. P. de Molière. *Amsterdam*, 1689, 2 pièces ornées de 2 frontis., en un vol. in-12, br. — Le Ravissement de Proserpine, poëme burlesque de Monsieur Dassoucy. *Paris, Quinet*, 1664, in-12 de 36 pp., br. — Pièces diverses. La Feste de Versailles du 18 juillet, 1668. In-18 de 57 pp., rel. anc. — Ballet de la Jeunesse, divertissement meslé de Comédie et de

Musique. Représenté devant S. M. à Versailles en janvier 1686, Suivant la Copie imprimée à Paris, *Paris*, clↄ Iↄc LXXXVI (1686), petit in-12 de 24 pages, 1 frontis., demi-veau rouge. — Ensemble 5 vol. in-12, reliés et brochés.

215. **Le Théâtre**. Revue mensuelle illustrée; depuis l'origine 1898 à juin 1908 inclus. *Paris*, 1898-1908, 17 vol. in-4, dont 8 reliés demi-veau rouge granité, dos orné de pièces, tr. jas. Le reste en livrais.

L'année 1906 manque.
L'année 1908 est incomplète de 6 livraisons (juillet, août et septembre).

216. **Thierry**. Estimation de l'Inventaire général du Mobilier de la Couronne, mis sous les yeux du Roi le 26 Décembre 1790, par M. Thierry, Commissaire général de la Maison de Sa Majesté. *A Paris, de l'Imprimerie Royale*, 1791, plaquette in-fol. d'un titre et de 17 pages, reliée demi-percal. bleue, genre Bradel.

Curieux rapport où l'on peut voir la plus-value des Objets mobiliers et des Diamants de la Couronne aux différentes estimations de 1705, 1729, 1775 et 1790.

217. **Thirion** (H.). Les Adam et Clodion. *Paris, Quantin*, 1885, in-4, planches dans et hors texte, demi-maroq. bleu, coins, dos à nerfs, tête dorée, n. rog., couv. cons.

Exemplaire sur papier Whatman, avec envoi autographe de l'auteur et une lettre et un envoi autographes de A. Quantin à L. Bernard.

218. **Thomassin** (Simon). Recueil des Figures, Groupes, Thermes, Fontaines, Vases et autres Ornements tels qu'ils se voyent à présent dans le Château et Parc de Versailles, gravé d'après les Originaux, par Simon Thomassin, Graveur du Roy. *Paris*, 1694, in-8, veau marbré, dos orné, tr. rouge. (*Rel. anc.*)

Orné d'un frontispice et de 280 planches gravés sur cuivre. Quelques planches sont détachées de la reliure.
Exemplaire donné aux Capucins de Rouen, par M. de Chefdeville (Inscription en lettres dorées sur le 1er plat).

219. — Recueil des Figures, Groupes, thermes, fontaines, vases et autres ornemens tels qu'ils se voyent à présent dans

le Château et le Parc de Versailles, gravé d'après les originaux, par Simon Thomassin, graveur du Roy. *Paris*, 1694, in-8, fig., maroq. rouge jans., dent. int., tr. dorée. (*Thompson.*)

Bel exemplaire de 1er tirage, contenant 220 planches gravées sur cuivre, y compris le portrait de Louis XIV et le frontispice.

220. **Thomassin** (S.). Recueil des figures, groupes, thermes... qui se voyent dans le château et le parc de Versailles. *Paris, S. Thomassin*, 1694, in-8, 220 fig., quelques-unes sont détachées de la reliure, veau ant., dos orné, tr. rouge.

On y a joint un exemplaire en demi-rel. anc., avec 20 planches ajoutées (sans le portrait), et un 2e exemplaire relié veau ant. incomplet de plusieurs planches.
Ensemble 3 volumes.

221. — Recueil des Statues, groupes, fontaines, termes, vases, et autres magnifiques Ornemens du Château et Parc de Versailles. Le tout gravé d'après les originaux, par Simon Thomassin, Graveur du Roy. Avec les explications en français, latin, italien et hollandais. *A la Haye, chez Rutgert Alberts*, 1724, in-4, 220 planches, y compris le frontis. et une carte, veau ant., dos orné, tr. jas.

On y a joint 3 autres exemplaires du même ouvrage, même édition, dont 2 cartonnés et 1 rel. veau ant.
Ensemble 4 vol.

222. **Thouin** (Gabriel). Plans raisonnés de toutes les espèces de jardins. Seconde édition. *Paris, de l'Impr. de Lebègue*, 1823, in-fol., cartonné, n. rog.

57 planches coloriées avec texte descriptif.

223. **Thoumas** (Général). Autour du Drapeau (1789-1889). Campagnes de l'Armée française depuis cent ans. *Paris, Le Vasseur*, s. d., in-4, demi-maroq. rouge, dos plat orné en long, tête dorée, n. rog., couv. cons.

200 illustrations de Lucien Sergent.

224. **Torche** (Abbé de). La Cassette des Bijoux. *A Paris, chez Gabriel Quinet*, 1668, in-12, maroq. rouge, dos orné, fil., dent. int., tr. dorée. (*Rel. anc.*) — La Toilette galante de

l'Amour (Forme la 2e partie de la Cassette des Bijoux). *A Paris, chez Estienne Loyson*, 1670, in-12, frontis. grav., demi-maroq. citron, coins, dos orné, tr. dorée. (*Champs.*)

Ensemble 2 volumes; le premier a une petite déchirure dans le coin de la marge du bas des 2 premiers feuillets.

225. **Trianon**. The petit Trianon Versailles... By James A. Arnott and John Wilson, architects. *Edinburgh*. 1908, 2 vol. in-fol., en portef.

Parties I et II contenant 97 planches en phototypie, avec texte explicatif en anglais.

226. **Uzanne** (Octave). *Bouquineurs et Bouquinistes*. Physiologie des quais de Paris. Édition nouvelle, revue et remaniée. Dessins de Em. Mas; vignettes à l'eau-forte par Heidbrinck. *Quantin*, 1896, in-8, fig., br., couv. ill., 1 vol. — Le Paroissien du Célibataire... Illustrations de Alb. Lynch, gravées à l'eau-forte par E. Gaujean. *Quantin*, 1890, in-8, fig., br., couv., 1 vol. — Nos amis les livres. *Quantin*, 1886, in-8, frontis., br., 1 vol. — Les Zigzags d'un Curieux. *Quantin*, 1888, in-8, frontis., 1 vol. — Ensemble 4 vol.

227. **Vaisse de Villiers**. Itinéraire descriptif, ou description routière, géographique, historique et pittoresque de la France et de l'Italie. Avec 1 plan de Versailles. 1822, 2 vol. in-8. — Tableau descriptif, historique et pittoresque de Versailles; 1 plan. 1827-28, 5 vol. in-12. — Recueil complet des Monuments et perspectives de Versailles, planches gravées au trait. 1830, 4 vol. in-8, oblongs. — Ensemble 11 volumes, plusieurs doubles, reliés et brochés.

228. **Valdor** (Jean). Les Triomphes de Lovis le Ivste XIII du nom, Roy de France et de Navarre. Contenant les plus grandes actions où Sa Majesté s'est trouvée en personne, representées en figures aenigmatiques exposées par un Poëme Heroïque de Charles Beys, et accompagnées de vers françois sous chaque figure, composez par P. de Corneille. Avec les portraits des rois, princes et généraux d'armes... et leurs devises, par Henry Estienne. Ensemble le plan des villes, sièges et batailles... par René Barry. Le tout traduit en latin par le R. P. Nicolai, Docteur en Sorbonne... Ouvrage

entrepris et finy par Jean Valdor. *A Paris, en l'Imprimerie Royale, par Antoine Estienne*, 1649, in-fol., veau fauve, tête dorée n. rog. (*Rel. mod.*)

Illustré de figures sur cuivre dans et hors texte. Raccommodage au titre.

229. **Vaugondy** (Robert de). Les Promenades des Environs de Paris, en quatre cartes, avec un plan de Paris. Précédées d'une description abrégée et historique des lieux qu'elles contiennent. — Mémoire sur les différents accroissements de la ville de Paris, depuis César jusqu'à présent... Par Robert de Vaugondy. *A Paris, chez l'auteur*, 1760-1761, 2 tomes en un vol., petit in-4, 5 plans, demi-bas., tr. marbrée.

230. **Versailles.** Réunion d'environ 150 pièces : Volumes, plaquettes, brochures, gravures et documents divers, anciens et modernes, relatifs à Versailles et au département de Seine-et-Oise.

231. — Réunion de 5 volumes relatifs à Versailles. *Paris*, s. d., 5 vol. in-fol., reliés ou en cartons.

Roussel. Monographie des palais et parcs de Versailles. *Guérinet*, s. d., 1 vol. — Galeries historiques de Versailles : vues des châteaux royaux, 1 vol. — Versailles et Potsdam (Paris-Noel), 1 livrais. — Nlle préfecture de Versailles, 1 vol. — Vues des monuments de Versailles, etc., par Pointel du Portail, 1 vol. Ensemble 5 vol.

232. — Versailles et Seine-et-Oise. Réunion d'environ 20 volumes ou plaquettes in-4, br. et rel.

Inventaire des Archives antérieures à 1790, par E. Couard. — Notice sur l'Hôpital-Hospice, par G. Burgard. 1908. — Pouillé du diocèse de Versailles, par l'abbé Gauthier. 1876. — Les Voitures publiques à Versailles sous l'ancien régime. — Les chefs-d'œuvre de Versailles, par G. Geffroy. — Chansons de Trianon (poésies et musique). — 2e exposition de Tapisseries des Gobelins à Versailles, 16 reproductions. — Seine-et-Oise, 35 illustrations, dont 12 en coul. — Un fils de Colbert... par Pierre Margry. 1873. — Saint-Louis de Versailles. — Journal de Versailles (1867-1869). — Le Cabinet du Roi, collection d'estampes, par G. Duplessis. — Revue de Versailles et de Seine-et-Oise. 1841. Etc., etc.

233. — Versailles et Environs. Réunion de 22 volumes in-12, dont 10 sont reliés. *Paris*, 1872-1909.

Versailles et les Trianons, par Paul Bosq. — Curiosités artistiques de Paris, Versailles, Saint-Germain, par René Menard. — Promenades dans les environs de Paris, par Alexis Martin. — Versailles et Le Hurepoix, par Ardouin-Dumazet. — Les Rupelmonde à Versailles, par de Villermont. — Une journée à Versailles, guide illustré. 1909. — Bailliages de Versailles et de Meudon, par Thénard. — Souvenirs d'un volontaire de Versailles. — Reflets d'Histoire, par Paul Gaultier. — Versailles, quartier général prussien (1870-71). — La Légende de Versailles (1682-1870), par B. de Bury, etc., etc.

234. — Versailles et Environs. Réunion d'environ 60 vol. ou brochures, anciens et modernes, la plupart brochés.

Voyage à Trianon, par Labouisse, 1817. — Recherches historiques sur Versailles, par Eckard. 1834. — Les Nuits de Versailles, par Guérin. 1838, 2 vol. — Promenades artistiques en Seine-et-Oise, par Martin-Sabon. 1906. — Itinéraire du chemin de fer de Paris à la Loupe, par Aug. Moutié. 1853. — Les propriétaires versaillais sous l'ancien régime, par Fromageot. 1900. — Légendes de Trianon, par Julie Lavergne. 1900. Création de Versailles, par Max. Gavin. 1899. — Versailles Royal, par Fennebresque, etc., etc.

235. — Versailles et Environs. Réunion d'environ 120 volumes in-8 et in-12, brochés et reliés : Guides, catalogues, notices, almanachs, histoire, chronique, etc., etc.

236. **Versailles illustrated,** or Divers Views of the several parts of the Royal Palace of Versailles... *London*, 1726, petit in-fol. oblong, demi-veau vert, dos orné, tr. jas.

Recueil de 30 planches gravées sur cuivre, y compris le titre, représentant des vues du château et des jardins de Versailles : Fontaines, grottes, parterres, labyrinthe, statues, vases, etc. — Le titre et la dernière planche sont remontés.

237. **Versailles Illustré**. Publication mensuelle de l'Association Artistique et Littéraire. De la 1re année, 1896, à la 9e année, 1905, inclus. *Versailles*, 1896-1905, 9 tomes en 3 vol. in-4, nombreuses illustrations, demi-maroq. bleu, dos plat orné, tête dorée, n. rog.

238. **Voltaire.** Le Temple du Goust. *A l'Enseigne de la Vérité, chez Hierosme Print-All*, 1733, in 8 de 64 pp., veau rouge, dos orné, compart. de fil. sur les plats, dent. int., tr. dorée.

On a relié dans ce volume :

Observations critiques sur le Temple du Goust. 1733, 16 pp. — Essai d'Apologie des auteurs censurez dans le Temple du Goust de M. de Voltaire, et Observations critiques, 2e édit., augmentée. 1733, 32 pages. Ensemble 3 plaquettes reliées en un vol.

239. **Vues de Versailles.** Recueil factice de 46 planches gravées sur cuivre, remontées sur papier fort; extraites des Annales de la Monarchie française. In-8 oblong, veau marbré, dos orné, fil. sur les plats et int., tr. dorée, monté sur onglets.

240. **Yung.** Album de Vingt Batailles de la Révolution et de l'Empire, d'après les aquarelles de M. Yung. *Paris, Plon*, 1880, in-4 oblong, percal. artist. de l'édit., fers spéciaux, tr. jas.

20 planches gravées et coloriées avec texte historique et explicatif.

241. **Deux bibliothèques tournantes** Terquem, en noyer :
1° Hauteur 1m20cm, largeur 0m58 — 3 rayons.
2° Hauteur 1m60, larg. 0m46 — 6 rayons.

242. — Sous ce numéro il sera vendu par lots environ 500 volumes divers : littérature, histoire, ouvrages sur Versailles et les environs.

ÉDITIONS LÉON BERNARD

243. **Bieuville.** Plan de Versailles. — Carte des Environs de Paris en 4 couleurs, avec les routes vélocipédiques. *Versailles, Bernard.*

140 exemplaires pliés dans une pochette, 1 très fort lot de plans en feuilles.

244. **Cazes** (E.). Le Château de Versailles et ses dépendances. L'histoire et l'art. *Versailles, L. Bernard*, 1910, in-8° avec gravures, br.

24 exemplaires tirés sur papier de Chine.

245. **Delerot** (E.). Versailles pendant l'occupation (1870-1871). Recueil de documents pour servir à l'Histoire de l'Invasion Allemande. Nouvelle édition. *Versailles, L. Bernard*, 1900, in-8° de VIII-496 pages.

3 exemplaires, cartonnés toile.
15 exemplaires brochés.

246. **Delerot** (Émile). Quelques propos sur Gœthe. *Versailles, L. Bernard*, 1908, pet. in-8, br.

30 exemplaires brochés.

247. — Ce que les poètes ont dit de Versailles. Nouvelle édition augmentée. *Versailles, L. Bernard*, 1910, in-12, illustré.

70 exemplaires reliés cuir souple, tr. dorée, couverture conservée.
195 exemplaires brochés.

248. **Desjardins** (Gustave). Le Petit-Trianon, histoire et description. *Versailles, L. Bernard*, 1885, gr. in-8, avec grav.

1 ex. papier de Chine.
6 ex. pap. de Hollande van Gelder.
3 ex. ordinaires reliés demi-maq. bleu. tête dorée.
135 ex. ord. (sans les gravures), br.
90 ex. ord. (sans les gravures), en feuilles.
1 lot de défets de planches et clichés.

249. **Gille** (Philippe). Une promenade à Versailles et aux Trianons. Illustrée de 40 eaux-fortes, par Eugène Sadoux et de dessins, par F. Prodhomme. *Versailles, Bernard*, 1892, in-4, oblong.

2 ex. papier du Japon.
8 ex. pap. Whatman.
2 ex. pap. ordinaire reliés maroq. rouge.
1 ex. — — relié chag. vert.
37 ex. — — (sans les gravures) cart.
120 ex. — — (sans les gravures) brochés.
1 lot de gravures sur parchemin et sur papier ordinaire (défets).

250. **Histoire de France**, par Grand-Papa. *Versailles, Bernard*, in-4, nombreuses planches.

4 exemplaires cartonnés.

251. **Jehan** (Auguste). La Ville de Versailles, son histoire, ses monuments. *Versailles, L. Bernard*, 1900, in-12, illustré.

90 exemplaires reliés cuir souple.
500 exemplaires brochés avec plan.
375 exemplaires brochés sans plan.

252. **Une Journée à Versailles.** Guide illustré du Château, du Musée, du Parc et des Trianons. Avec le plan et itinéraire

des Grandes Eaux. *Versailles, Bernard*, 1910, in-12, illustré, br.

Édition française et anglaise.
80 exemplaires brochés.

253. **Le Roy** (H.). Parcs et Jardins de Versailles et Trianon. *Versailles, L. Bernard*, s. d.; album de vues, in-8, oblong.

27 exemplaires cartonnés toile.

254. **Masson** (A. et M.). Plans des Bosquets du Parc de Versailles, avec l'emplacement et les noms des groupes et des statues, ainsi que l'indication des artistes qui les ont exécutés. Accompagnés d'un aperçu sur le Service des Eaux et celui des Jardins; suivis d'une notice historique et mythologique sur les œuvres d'art du Parc. *Versailles, L. Bernard*. 1903. In-12 carré, illustré.

120 exemplaires cartonnés.
190 exemplaires brochés.
1 paquet de clichés.

255. **Thirion** (H.). Le Palais de la Légion d'Honneur, ancien hôtel de Salm; dépenses et mémoires relatifs à sa construction et à sa décoration. Les sculpteurs Moitte, Roland et Boquet; étude précédée d'une notice historique sur le prince Frédéric de Salm-Kyrbourg. *Versailles, L. Bernard*, 1883, gr. in-8 de 110 pages, orné d'une planche.

20 exemplaires brochés.

256. **Vatel** (Ch.). Histoire de Madame Du Barry, d'après ses papiers personnels et les documents des Archives publiques; précédée d'une introduction sur Madame de Pompadour, le Parc-aux-Cerfs et Mademoiselle de Romans. *Versailles, Bernard*, 1883, 3 forts volumes in-12, avec gravures.

1 exemplaire sur papier de Hollande.
1 exemplaire papier ordinaire, relié (sans les gravures).
28 exemplaires papier ordinaire, en feuilles (sans gravures).

257. — Notice historique sur la Salle du Jeu-de-Paume de Versailles, depuis sa fondation jusqu'à nos jours; suivie de la liste complète et inédite des signataires du Serment. *Versailles, L. Bernard*, 1883, in-8.

300 exemplaires brochés.

ESTAMPES, DESSINS, PEINTURES

DELAGRIVE (l'abbé)

258. Carte des environs de Paris en 9 feuilles. 1740, 9 pièces gr. in-fol.

DEMORTAIN

259. Plan et Vues du Château et du Parc de Versailles, 1714. 16 pièces in-fol.

DESMARTRAIS

260. Vues du Château et du Parc de Versailles, dessinées et gravées par Damame Desmartrais. 5 pièces in-fol. encadrées.

DREVET (P.)

261. Portrait de Louis XIV en pied en costume de Sacre, d'après Rigaud. Épreuve encadrée, manque de conservation.

ESTAMPES JAPONAISES

262. Costumes, scènes de mœurs, paysages, etc. Environ 100 pièces en couleurs.

LE BARBIER et BATTONI (D'après)

263. Canadiens au tombeau de leur enfant, gravé par Ingouf. — Vénus qui caresse l'Amour, gravé par Porporati. — La Crainte, pièce en couleurs ; 3 gravures in-fol. encadrées.

LE CLERC (Sébastien)

264. Le Labyrinthe de Versailles. 41 pièces, épreuves de la Calcographie du Louvre.

LEMOYNE (D'après F.)

265. Sujet allégorique, gravé par C. Le Vasseur, 1767. Épreuve avant la lettre, encadrée.

MANGEANT (P. E.)

266. Vues du Château et du Parc de Versailles, 1902-1909, 4 aquarelles (13 × 40). Encadrées.

MANSART (Gille-Hardouin)

267. Plans, élévation, coupe du Château de Clagny. *A Paris, chez Mariette*, 7 pièces in-fol.

NATES et MONGIN (D'après)

268. Vues de Versailles et de Trianon, Pavillon de Louveciennes. 7 pièces in-fol., gravées par Hill, Chapuy, Allais.

Belles épreuves coloriées.

PEINTURES A L'HUILE

269. Bassin de Versailles; Paysages; Scène d'intérieur. 4 peintures à l'huile, dont 3 encadrées.

PIÈCES HISTORIQUES

270. Portraits et pièces historiques de l'époque Louis XIV et de la Révolution — Pièces sur les ballons — Portrait de Louis Philippe Joseph, duc d'Orléans, gravé par G. Fiésinger (Épreuve en couleurs) — Pièces sur la Guerre de 1870-71 et la Commune (Extraits de Journaux). Un fort lot.

271. Entrée à Versailles de l'Archiduchesse Marie-Antoinette, le 16 mai 1770. Gravure petit in-fol. en larg., publiée à Paris chez Basset (Collée sur carton).

PORTRAITS

272. Marie-Antoinette, Reine de France, portrait ovale, gravé par Schinker, d'après Mme Le Brun. — Le même personnage, dessin à la plume par le Chevalier de Berny. — Le même personnage gravé par Cathelin, d'après Frédou, épreuve avant la lettre. 3 pièces encadrées.

PRODHOMME (F.)

273. Fête de nuit à Versailles : les Grandes Eaux. Pastel (57 × 78). Encadré.

RIGAUD (J.) et MARTINET (F. N.)

274. Vues de Versailles. — Le Bal du May, donné à Versailles pendant le carnaval, 1763. 6 gravures encadrées (Réimpression).

VERNET (D'après CARLE)

275. Mameluck au combat. — Mameluck au repos. 2 pièces in-fol., gravées par Jazet, 1821. Encadrées.

VERSAILLES

276. Plan général de la Ville et du Château de Versailles, de ses Jardins, Bosquets et Fontaines, par Pierre Le Pautre. *A Paris, chez Demortain*, 1717, feuille gr. in-fol., collée sur carton.

Épreuve avec le texte descriptif. Très rare en cet état.

277. Vue du Château et des Jardins de Versailles du côté de l'Orangerie, par A. Cocquart. Gr. in-fol (150 × 90) collé sur carton.

278. Vues de Versailles, peintures et dessins divers. 4 cadres.

279. Vues de Versailles et Environs, gravées par Perelle, Aveline. Environ 100 pièces.

280. Vues de la Ville et du Château de Versailles, Trianon et environs. — Vues de Meudon, Bellevue, Saint-Cloud, Saint-Cyr. Environ 150 pièces des XVIIe et XVIIIe siècles, par ou d'après Perelle, Aveline, le Chevalier de Lespinasse, etc.

281. Documents divers intéressant la Ville et le Château de Versailles : Plans, vues, décorations intérieures, etc. Un fort lot de pièces du XIXe siècle, dessinées, gravées ou lithographiées.

282. Plans de Versailles aux XVIIe, XVIIIe et XIXe siècles, par P. le Pautre, l'abbé de Lagrive, Defer, Naudin, Israël Silvestre, Hervet, etc. — Pièces historiques sur Versailles, projets de décorations des terrasses et bassins... Environ 100 pièces de divers formats, dans un portefeuille gr. in-fol.

283. Vues du Château et du Parc de Versailles, Trianon, Marly et environs. Un fort lot de gravures des XVIIe et XVIIIe siècles, par Mariette, Blondel, Rigaud, etc. (Sera divisé.)

VUES D'OPTIQUE

284. Vues de Versailles, Trianon, Marly, etc. — Vues de Paris, de la province et de l'étranger. Environ 220 pièces coloriées, plusieurs doubles ou en mauvais état (3 lots).

Paris. — Typ. Philippe Renouard, 19, rue des Saints-Pères. — 51739.

RED. :

20

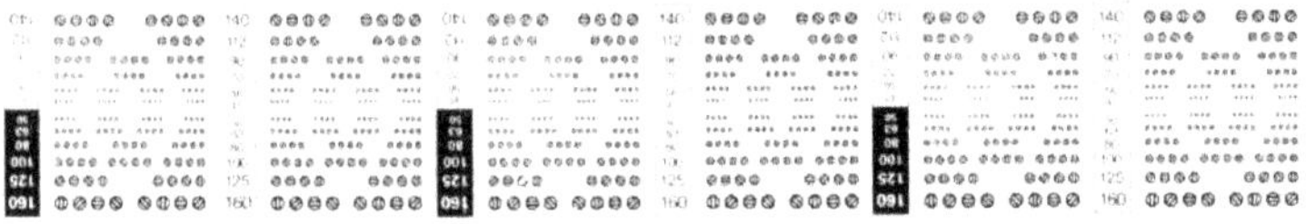

MIRE ISO N° 1
NF Z 43-007
AFNOR
Cedex 7 - 92080 PARIS LA DEFENSE

graphicom

0 1 2 3 4 5 6 7 8 9 10

www.ingramcontent.com/pod-product-compliance
Ingram Content Group UK Ltd.
Pitfield, Milton Keynes, MK11 3LW, UK
UKHW022125170726
13837UKWH00003B/1364

9 782329 237893